www.tredition.de

AF170107

Michael Marks

Londoner
Erzählungen

© 2017 Michael Marks
Umschlag: DJ Kaffeeschmuggler
Illustration: Curth Stahl
Lektorat: WortKunstDynastie

Verlag: tredition GmbH, Hamburg

ISBN
Paperback   978-3-7439-3609-6
Hardcover   978-3-7439-3610-2

Printed in Germany

Das Werk, einschließlich seiner Teile, ist urheberrechtlich geschützt. Jede Verwertung ist ohne Zustimmung des Verlages und des Autors unzulässig. Dies gilt insbesondere für die elektronische oder sonstige Vervielfältigung, Übersetzung, Verbreitung und öffentliche Zugänglichmachung.

Ein Grenzfall   7

Die Fotografie   96

Das Haus in Robin Hill   146

Ebene und Abgrund   170

Das Leben - ein Regen   224

Ein Grenzfall

I.

Wegen seines Verhaltens besaß der Mann schon lange meine heimliche Aufmerksamkeit - und offenbar nicht nur meine. Als Atkinson, der Arzt in unserer Runde, auf ihn hinwies, lief er offene Türen bei mir ein.

Wenn ich im Club eintraf, saß der Mann oft schon im Salon und immer an dem Tisch nahe dem Durchgang zur Halle. Einmal glaubte ich, den Grund für sein Verhalten herausgefunden zu haben und als Atkinson eine Pause in der Unterhaltung zum Anlass nahm, das Gespräch auf das ungewöhnliche Verhalten des Mannes zu lenken, äußerte ich die Vermutung, seine Wahl fiele auf diesen Platz, um einen besseren Überblick über die den Salon betretenden und verlassenden Clubmitglieder zu haben. Wir beobachteten ihn daraufhin, stellten aber bald fest, dass er nicht das geringste Interesse an seiner Umgebung zeigte. Wie immer studierte er mit schief gelegtem Kopf die weit ausgebreitete Times. Wenn an seiner Seite jemand den

Salon verließ oder ein anderer Gast eintrat und zur Orientierung einen Moment innehielt, schien er das nicht einmal zu bemerken. Bald gab unsere Tischrunde auf. Einmal mehr war das Verhalten des Mannes mit einem Achselzucken abgetan worden. Nur flüchtig kam mir der Gedanke, dass es vielleicht das war, was er mit seinem Verhalten bezweckte, aber ich verfolgte diesen Gedanken nicht weiter. Der Mann war immer allein und er erweckte nicht den Eindruck, Gesellschaft zu wünschen. Wenn die Unterhaltungen von Augenblicken des Schweigens unterbrochen wurden und die Männer wortlos rauchten, blieb ein ziellos wandernder Blick an dem einsamen Gast hängen - doch nur, um nach kurzem Verweilen weiterzuwandern.

Er war einer jener Menschen, deren Verhalten man nicht verstand und das man nach eher halbherzigen Versuchen des Begreifens zuletzt akzeptierte wie eine Jahreszahl im Geschichtsbuch.

II.

Ich arbeitete bei einer Abendzeitung und trotz eines mittelmäßigen Gehalts führte ich dank einer regelmäßigen Unterstützung durch meinen Vater ein Leben ohne größere finanzielle Sorgen. Ich spielte Golf, ich ritt und wenn es meine Arbeit zuließ, besuchte ich Abendvorstellungen der Theater um Covent Garden und Soho.

Ich wäre Pharisäer, wenn ich verleugnete, dass das Blatt, für das ich schrieb, seine Leser vornehmlich mit der Größe seiner Schlagzeilen rekrutierte. Die Artikel darunter waren oft die Druckerschwärze nicht wert. Auf Wegen, die mir verborgen geblieben waren, war ich bei jenen Kollegen gelandet, die mehr oder weniger großspurig über die Lage der Politik philosophierten und der Zeitung einen Anschein von Seriosität verliehen. Ob es für den Arbeiter in den Docks oder den Snob im Westend von Bedeutung war, wie unser Blatt die Weltpolitik einschätzte, bezweifelte ich, trotzdem war ich Pharisäer genug, mich für etwas wenigstens eine Stufe Besseres zu halten als die Masse von Kollegen, die mit nachlässig geknöpften Jacken und unförmigen Fotoapparaten im Regen an den Hinterausgängen von Theatern und Spelunken Drei-Pence-Geschichten jagten.

Mit zunehmender Erfahrung wurde mir jedoch klar, dass meine Arbeit am folgenden Tag überholt war, begraben von den neuen Ereignissen. Nach dieser Erkenntnis dauerte es nicht lange, bis ich mich auf meine früheren Schreibversuche besann und meine erste Kurzgeschichte zu Papier brachte. Zum ersten Mal hatte ich das Gefühl, etwas verfasst zu haben, das nicht am folgenden Morgen zertreten im Rinnstein liegen und vom hartnäckigen Londoner Regen fortgespült werden würde. Und zuletzt hatte ich das, was ich damals als größtmöglichen Erfolg ansah: einen Verleger zu finden, der sich die Mühe machte, sich meine Arbeiten anzusehen. Und auch das verdanke ich einem merkwürdigen Zufall.

Es war im Anschluss an ein spätes Essen mit einem Freund gewesen, der den Sommer in London verbrachte. Den letzten Teil des Rückweges waren wir zu Fuß gegangen, denn es war einer jener lauen Sommerabende, an denen sich vom Himmel kühle und atembare Luft auf die überhitzten Straßen senkte. Wir standen vor dem Portal des Mietshauses, in dem ich wohnte, als nach einem plötzlichen Grollen ein heftiger Platzregen einsetzte. Bei einem Drink warteten wir das Ende des Regens in meiner Wohnung ab. Zuerst war es nur ein flüchtiger Blick, mit dem mein Freund das Schreibzeug auf meinem Schreibtisch bedachte, aber nach einem zweiten fragte er, ob er es ansehen dürfe. Mir blieb nur zu bejahen. Das Ende vom Lied war, dass er sich hinein vertiefte, während wir Sherry tranken, und - der Platzregen war längst vorüber - fragte, ob ich einen Verleger hätte und ob er es für einige Tage ausleihen dürfe, um es jemandem zu zeigen. Ich erlaubte auch dies. Dem Tag, an dem er mir das Manuskript zurückgeben würde, sah ich mit gemischten Gefühlen entgegen.

Er rief morgens in der Redaktion an, und wir verabredeten uns zum Abendessen in einem Restaurant in der Bond Street. Er würde das Manuskript bei sich haben. Ich erinnere mich, dass ich an diesem Tag keine vernünftige Zeile zu Papier brachte. An keinem Tag habe ich die drückende Hitze des Londoner Sommers mehr verflucht. Ich habe meine Jugend in der Südsee verbracht und bin hohe Temperaturen gewohnt, aber die dunstige Schwüle, die am Nachmittag eines Sommertages in den Straßenschluchten Londons steht, sich mit aufsteigenden Gerüchen und Abgasen vermischt und durch die Fenster in die Häuser quillt, macht mich noch heute taumelig.

Ich spürte dumpfes Pochen in meinen Schläfen und der Gedanke an die abendliche Verabredung trug nur zur Verschlechterung meines Zustandes bei. Mir stand der Sinn nicht nach freundlichen Worten des Lobes, die ich ohne Zweifel zu erwarten hatte, gefolgt von dem Hinweis auf die Unvermeidbarkeit einer glänzenden Karriere. Die Bitte, eins der ersten druckfrischen Exemplare mit einer Widmung zu versehen und zu signieren, würde mir vielleicht erspart bleiben. Aber damit würde das Thema beendet sein. Während des Essens würde er das sorgfältig verpackte Manuskript zu mir herüberschieben, vielleicht nicht einmal das, und ich würde es nach dem Dinner dort vom Tisch nehmen, wo er es bei seiner Ankunft hingelegt hatte.

Meine Kopfschmerzen wurden quälender und meine Gedanken mitleidvoller. Als es Abend wurde, verließ ich die Redaktion, ohne die Verabredung abgesagt zu haben. Je weiter die Rückgabe des Manuskripts hinausgezögert wurde, desto peinlicher würde es für beide Seiten, und so weit, es aus der Post zu fischen, wollte ich es nicht kommen lassen. Während der vereinbarte Zeitpunkt näher rückte, musste ich daran denken, wie der Zufall die Wege von Morton und mir sich hier in London hatte kreuzen lassen.

Morton und ich kannten uns seit unserer Kindheit, die wir in einer britischen Niederlassung auf Borneo verbracht hatten. Unsere Väter standen im Dienst der Regierung, wenn auch auf unterschiedlichen Gebieten. Mortons Vater war Kolonialbeamter. Man erzählte von ihm, er kenne alle Einwohner seines Bezirks mit Namen. Nicht nur diese Fähigkeit, die die Eingeborenen nicht ausschloss, auch seine körperliche Erscheinung trug zu seinem respektablen Ruf bei. Ich sah ihn deutlich vor meinem geistigen Auge. Er war groß, von bulliger Statur und auffallend gerader, fast steifer Haltung. Letzteres trug zur Ausbildung mehrerer praller Kinnrollen bei, von denen er bereits bei normaler Kopfhaltung einige besaß. Sein glattrasiertes Gesicht war von einem leuchtenden Rot, auf dem das hellblonde Haar kaum auffiel, und eine seiner Hauptbeschäftigungen war es, unablässig Schweißperlen von der Stirn zu tupfen.

Mein Vater war in vieler Hinsicht das genaue Gegenteil von Mortons Vater, vom Körperbau her kleiner und knochiger, durch die Arbeit auf der Plantage kräftiger, besonders in den Schultern, und braun gebrannt von der Sonne. Er hatte das schwarze Haar unserer Familie, und auch in der Kleidung fand der Gegensatz seine Fortsetzung. Mortons Vater trug nie etwas Anderes als die standesgemäße Uniform des britischen Kolonialbeamten, mein Vater dagegen meist weite, weiße Anzüge aus Leinenstoff. Kurze Zeit, nachdem meine Eltern unsere Gummiplantage gekauft hatten, war Mortons Vater in unseren Distrikt nach Nord-Borneo versetzt worden. Mein Vater beschäftigte sich mit neuen Methoden der Ausbeutung des Gummisaftes und betrieb systematische Forschungen auf dem Gebiet der Kautschukgewinnung, angefangen beim Wuchsverhalten der verschiedenen Pflanzenarten über Höhen, Verläufe und Tiefen der angebrachten Anzapfschnitte bis zur Untersuchung der Qualität des gewonnenen, trockenen Kautschuks durch chemische Analysen. Ich erinnere mich an viele Tage, an denen Morton und ich vom Nachmittagsunterricht der Privatschule zurückkehrten und seinen und meinen Vater auf der Veranda des einzigen Hotels am Hafen sitzen sahen, Mortons Vater mit geradem Rücken und geschlossener Uniform, mein Vater zurückgelehnt, das Hemd halb offen und eine Hand um ein Glas gelegt - zwei völlige Gegensätze, die stundenlang fachsimpeln und plötzlich in lautes Lachen ausbrechen konnten.

Als wir die Schule beendet hatten, war Morton nach England gegangen, um wie sein Vater im Staatsdienst zu arbeiten. Es war keine Überraschung gewesen, denn die ganzen Jahre über hatte ihm eine Laufbahn wie die seines Vaters vorgeschwebt. Ich dagegen überlegte fast zwei Jahre lang. Während dieser Zeit arbeitete ich mit meinem Vater auf der Plantage und half ihm bei den Forschungsarbeiten. Ich erlernte die Plantagenpflege, führte Tagebuch über Größe und Verästelung der Pflanzen unterschiedlicher Gattungen und Plantagenlagen, kletterte auf Bäume, um die geflossenen Kautschukmengen zu ernten und zu wiegen, und ich erlernte die grundlegenden chemischen Untersuchungsvorgänge zur Bestimmung der Kautschukqualität. Trotz meiner wachsenden Fähigkeiten war es schließlich mein Vater, der den Anstoß gab. Er fragte eines Tages, ob ich nicht schreiben wollte. Er war der erste, der mich auf die Idee brachte, meine Vorliebe zum Beruf zu machen. Zwei Monate später bestieg ich den Dampfer nach England.

●

Als ich das Restaurant betrat, fühlte ich mich ein gutes Stück wohler. Ein kühles Bad hatte meinem Körper die überschüssige Wärme und meinen Kopfschmerzen den Nährboden entzogen. Ich fühlte mich beinahe beschwingt. Schon von der Halle aus sah ich Mortons erhobenen Arm. Ich bahnte mir einen Weg zu seinem Tisch. Auf seinem Gesicht lag das alte Lächeln.

„Ich muss immer zweimal hinsehen, bevor ich dich erkenne. In meiner Erinnerung wirst du immer in khakifarbene Leinenanzüge gekleidet sein."

Seine Stimme hatte den unverwechselbaren, blechernen Zungenschlag seines Vaters. Auch seine große, zum Fettansatz neigende Statur erinnerte mich an seinen Vater.

„Ich gewöhne mich selbst erst an diese steifen Anzüge", erwiderte ich. „Nach drei Jahren im Dienst der Majestät scheinst du dieses Problem nicht mehr zu haben."

Er quittierte meine Bemerkung mit einem Augenzwinkern.

„Der Staatsdienst hat ja so viele Vorteile", sagte er, indem er zurückgelehnt den Daumen in die Uhrtasche seiner Weste hakte, „das Leben gleitet geordnet dahin, gesichert durch ein regelmäßiges Einkommen, erfüllt von dem guten Gefühl, das Ansehen des Empire in der Welt hochzuhalten."

Ich konnte mir bei seinen übertrieben pathetisch gesprochenen Worten ein Lächeln nicht verkneifen.

„Du meinst, nicht zu vergleichen mit dem windigen und unsicheren Leben eines Zeitungsschreibers."

Während wir uns mit der Berufswahl des anderen aufzogen, tranken wir etwas, dann gingen wir in den Speisesaal.

Während des ganzen Essens drehte sich unsere Unterhaltung um unsere gemeinsame Jugend. Wir erzählten uns Anekdoten und gaben uns die buntesten Charakterschilderungen der Menschen, die wir kannten. Morton, der sich darauf verstand Menschen nachzumachen, zog schließlich das Missionarsehepaar heran, das in unserer Gegend gelebt hatte. Er zog einige Strähnen seines sorgfältig frisierten Haars in die Stirn und machte mit drohend zuckenden Augenbrauen und erhobenem Zeigefinger die feurige Stimme des Missionars nach.

„In unseren Händen liegt es, die Seelen dieser erbarmungswürdigen Eingeborenen in die Arme des Herrn zu führen. Hier liegt unsere christliche Berufung."

Er beugte sich vor und musterte mich eindringlich, dass ich lachen musste.

„Wir müssen sie von ihren unmoralischen Kleidungsstücken und ihren blasphemischen Tänzen befreien. Ein guter Christ trägt Hemd und Hosen."

Ich vergoss beinahe meinen Wein.

Als wir endlich aufstanden und in den Salon gingen, hatte ich das Manuskript vergessen. Es fiel mir erst wieder ein, als Morton sich eine Zigarre anzündete und sich zurücklehnte.

„Sag schon", kam ich ihm zuvor, „nach den ersten beiden Erzählungen hast du resigniert, und die dritte hast du nur noch zur Hälfte gelesen."

Es klang, als wollte ich es ihm leichter machen, aber eigentlich war es umgekehrt. Wenn Morton es bemerkt hatte, ließ er es jedenfalls nicht erkennen. Er ging nicht auf meinen sorglosen Ton ein.

„Nein", er schüttelte den Kopf, „ich habe sie alle gelesen, einige sogar zweimal. Und ich finde sie ausnehmend gelungen."

Leider waren es genau die Worte, die ich erwartet hatte. Trotzdem wusste ich nichts mehr zu sagen, als Morton mir eröffnete, dass ein Kollege aus dem Ministerium einen Verleger kannte, der bereit sei, einen Blick in das Manuskript zu werfen.

Die folgenden Wochen existieren in meiner Erinnerung als eine Vielzahl neuer, aufregender Bilder. Das erste Vorsprechen beim Verleger, Telefonanrufe und imponierende Briefköpfe. Und nach der Zusage seitenlange Korrekturvorschläge, Nächte, während der ich bis in den Morgen hinein meine Werke überarbeitete, Probedrucke, die ich klopfenden Herzens Korrektur las. Im Nachhinein wird mir klar, dass ich das Erscheinen meines ersten Buches gar nicht richtig begriff. Selbst als ich die erste Ausgabe in den Händen hielt und meinen Namen in Goldpigment auf die Buchbespannung des Buchdeckels gepunzt las, da fasste ich es noch nicht. Natürlich schickte ich sofort ein Exemplar nach Hause und verfluchte die Post, die sechs Wochen bis auf die andere Seite des Erdballs benötigte. Doch lange, bevor ich Antwort von meinen Eltern erhielt, lernte ich bereits, was es bedeutete, auf einmal als Schriftsteller zu gelten. In der Redaktion bekam ich Spötteleien wegen meines ‚Nebenerwerbs' zu hören. Im Club sprachen mich Männer an, mit denen ich mich bis dahin höchstens mit einem Kopfnicken verständigt hatte. Selbst gute Freunde fühlten sich bemüßigt, mein Buch bis ins Detail zu analysieren und mich in manche Verlegenheit zu bringen.

III.

Einige Monate später betrat ich an einem düsteren Nachmittag früher als gewöhnlich den Club. Den ganzen Tag über war Schnee gefallen, dem die verrauchte Londoner Luft kein Verweilen gestattet hatte. Es herrschte das feuchtkalte Winterwetter, das die Engländer im Herbst nach Süden fliehen lässt und an das sie mit wohligem Schaudern denken, wenn sie an der Riviera im milden Mittagssonnenschein liegen.

Die Bar war noch leer. Der Barkeeper hinter dem Tresen rückte gedankenversunken Flaschen und Gläser auf den Glasregalen zurecht. Ich verwarf den Gedanken an einen Drink an der Bar, denn die Rolle der einsamen Männergestalt an der Theke mit den entsprechenden Verpflichtungen zu müder Konversation mit dem Barkeeper lag mir nicht. Ich beschloss, gleich in den Salon zu gehen und bequem vor dem Kamin einen Kaffee zu trinken. Ich betrat den ebenfalls noch menschenleeren Raum und wollte schon zu einem der Tische in der Nähe des Kamins vorgehen, als ich aus dem Augenwinkel heraus bemerkte, dass ich mich in der Leere des Salons getäuscht hatte. Im Halbdunkel neben dem Eingang saß der merkwürdige Gast an seinem üblichen Tisch.

Ich zögerte. Mir war, als hatte er mir einen Blick zugeworfen. Ich war nicht sicher. Vielleicht war es auch nur ein Kopfheben beim Umblättern der Zeitung gewesen. Dann wurde mir klar, dass ich zu lange gewartet hatte. Nun weiterzugehen hätte bedeutet, dem Tisch am Kamin den Vorrang vor der Gesellschaft des Mannes zu geben. Es kostete mich Überwindung, an seinen Tisch zu treten, doch die Unhöflichkeit, es nicht zu tun, hätte mich noch größere gekostet. Mit übertriebener Geste rieb ich meine Hände.

„Scheußliches Wetter", sagte ich.

Erst nach einem Augenblick änderte mein Gegenüber seine gewohnte Haltung. Den Kopf leicht zur Seite gelegt, sah er mich über den Rand des Blattes an.

„Ja", nickte er.

Es blieb mir nicht viel Zeit, in seinen Augen zu lesen, denn er wandte sich wieder seiner Zeitung zu. Ich seufzte innerlich. Ergeben griff ich nach einem der Blätter, die auf dem Tisch lagen, erwischte die Mail und lehnte mich zurück. Ich versuchte mich zu konzentrieren, bemerkte aber bald, dass ich Zeilen dreimal las. Bald würden nach und nach meine Bekannten eintreffen und sich wie immer in der Nähe des Kamins niederlassen. Es war nicht schwierig, mir die Gesichter vorzustellen, mit denen sie mein Gegenüber und mich verhohlen mustern würden. Ich hörte schon die Witze, die sie über unsere wortlose Zweisamkeit machen würden.

Mit leichtem Groll schaute ich über den Rand der Zeitung zu dem Mann. Ich hatte ihn noch nie zuvor aus dieser Nähe betrachtet. Es ist eine Tatsache, dass schon eine Entfernung von fünfzehn Fuß Einzelheiten von Gesichtszügen verschluckt oder verändert. Sein Gesicht war länglich, mit heller, fast blasser Haut, unter der sich ein feiner Knochenbau abzeichnete. Zu beiden Seiten der Nasenflügel lagen tiefe Grübchen, die ihn aber nicht älter aussehen ließen. Sein Haar war bis auf einen helleren Schimmer an den Schläfen tiefschwarz und sorgfältig frisiert. In seiner ganzen Erscheinung wirkte er sehr englisch, und das mochte ich. Vielleicht war es auch die Ruhe, die von ihm ausging, die meinen Groll verfliegen ließ. Ein aristokratischer Stammbaum hätte mich nicht verwundert.

Für Engländer, die in die Kolonien gingen, war das richtige Maß Stolz eine der notwendigsten Tugenden zum Überleben jenseits Englands Grenzen. Viele Weiße hatte ich gesehen, die in unseren Distrikt gekommen waren und versagt hatten. Geprüft von den ungewohnten Klimabedingungen, weich und ohne Respekt der Eingeborenen waren sie zu Trinkern geworden und hatten sich zuletzt mit grauer Haut und eingefallenen Wangen den täglichen Opiumpfeifen hingegeben. Doch zu viel Stolz führte zu Überheblichkeit und diese Männer wurden mit der Zeit dick, bekamen einen breiten Hals und fleischige Gesichter, in denen die natürlichen Züge wie in einem aufgehenden Hefekuchen versanken. Nach zehn Jahren in den Kolonien ähnelten sie sich wie Brüder. Und sie sprachen alle mit dem gleichen, jovialen Ton miteinander. Keine Frage, sie hielten sich für Mordskerle. Und jedes ihrer Worte machte deutlich, dass sie kein Buch mehr gelesen hatten, seit sie Englands Küste hinter sich gelassen hatten.

Vermutlich wirkte das Gesicht dieses Mannes jetzt deshalb so englisch auf mich. Ein schmales, fast asketisches Gesicht und blasse Hautfarbe waren unter englischen Männern in den Kolonien selten. Solche Züge hatte ich immer als etwas Typisches für Engländer des Mutterlandes gesehen. Trotz seiner lässigen Haltung verbargen sich unter der korrekten Kleidung meines Gegenübers gerade Schultern, das sah ich. Wir hatten keine Unterhaltung geführt, er hatte mich nicht einmal eines längeren Blickes gewürdigt, trotzdem hatte ich das Gefühl, mehr über ihn zu wissen als die anderen Männer im Club. In Erwartung der alten Verlegenheit, vom Opfer meines Interesses plötzlich angeblickt zu werden, hatte ich ihn nur über den Rand meiner Zeitung betrachtet, aber dieses Gefühl verschwand vollends.

Der Salon hatte sich in der Zwischenzeit gefüllt. Einige meiner Bekannten vom Kamintisch warfen neugierige Blicke zu uns herüber. Kurz zuvor hatte ich mir noch den Kopf zerbrochen, wie ich den Tisch verlassen konnte. Jetzt bereitete mir der Gedanke, aufzustehen und den Tisch zu verlassen, kein Unbehagen mehr. Er nickte mir zu, als ich mich erhob und mich entschuldigte.

Als ich an den Kamintisch trat, sah ich an den Gesichtern der Männer, was mich erwartete.

„Der Schweiger und der Schreiber."

Bridgeham, ein alter Kolonialoffizier mit aufgedunsenem Gesicht, bemühte sich nicht, ein ironisches Grinsen zu unterdrücken.

„War das Gespräch sehr anregend", fragte Goldsmith, ein kleiner, grauer Anwalt, der nach jeder Äußerung ein Fledermausgebiss entblößte.

Die Männer grinsten. Ich sah, wie jemand mit dem Ellenbogen seinen Nachbarn anstieß.

„Ich fand es peinlich, wie Sie die Unterhaltung an sich gerissen haben", kam es von einer anderen Seite, und einige lachten.

Das Gespräch fand bald in gewohnte Bahnen zurück. Trotzdem - oder vielleicht deshalb - verließ ich die Runde früher als gewöhnlich. Mit meinen Gedanken war ich bei dem merkwürdigen Mann. Einige Male im Verlauf des Abends hatte ich noch zu ihm hinübergeschaut, er hatte wie immer dort gesessen und gelesen. Nachdem ich Gelegenheit gehabt hatte, ihn aus der Nähe zu beobachten, erschien mir sein sonderbares Verhalten in einem neuen Licht. Die erhitzte Diskussion an unserem Tisch, zu der sich im Laufe des Abends noch Männer hinzugesellt hatten und von der er zweifellos jedes Wort mitbekommen hatte, schien ihn nicht im mindestens interessiert zu haben. Irgendwann hatte ich seinen Platz verlassen gefunden.

Trotz Kälte und Nässe ging ich zu Fuß. Nach dem Tabakrauch im Club tat mir die kalte, vom Schneefall gereinigte Luft gut. Fest in meinen Mantel gewickelt, schritt ich kräftig aus.

Zuhause fand ich zu meiner Überraschung eine Nachricht von Morton. Er schrieb, er sei in der Stadt und nannte mir den Namen seines Hotels nahe Lincoln's Inn Field. Mortons Anwesenheit in London verwunderte mich, denn bei seiner Abreise im Herbst hatte er mit seiner Rückkehr nicht vor Mai gerechnet. Da es spät war, beschloss ich, ihm am nächsten Tag von der Redaktion aus eine Nachricht zu schicken.

In der Nacht klarte es auf und die Temperaturen fielen. Die Feuchtigkeit schlug sich nieder und sammelte sich in Eisblumen auf den Straßen. Die Stufen der U-Bahnschächte waren am Morgen von glitschiger Nässe überzogen, trotzdem erreichte ich Fleet Street rechtzeitig. Es war noch früher Vormittag, als ich mir die Zeit nahm, Morton anzurufen. Ich bat den Portier, mich zu verbinden, doch Morton war bereits fort. Er hatte mir eine Nachricht hinterlassen, eine Verabredung zum Dinner, falls es mir recht sei.

•

Als ich ihn abends sah, war mein erster Gedanke Erstaunen über die zunehmende Ähnlichkeit mit seinem Vater. Die letzten Monate in den Kolonien hatten sein Gesicht runder und seine Figur fülliger werden lassen. Ich sah Anzeichen des ersten Doppelkinns.

„Guten Abend, Gouverneur", begrüßte ich ihn.

Sein Schmunzeln war noch eine Spur generöser, als wir uns die Hände schüttelten. „Du greifst der Zeit eine Spur voraus, mein lieber Literat."

Eine Sicherheit ging von seinen Worten aus, die mich für einen Moment verunsicherte. Bis dahin hatte ich in ihm den Freund gesehen, der im Staatsdienst begonnen hatte; jetzt wurde mir bewusst, dass für Morton die Anrede als Gouverneur kein Scherz gewesen war.

„Aus deinem Mund klingt das wie der Name eines Insekts", gab ich zurück.

„Eine Gattung, mit der du immerhin den Zug zu emsiger Tätigkeit gemein hast. Ein Bekannter erzählte, dass dein Verleger demnächst dein zweites Buch herausbringt. Man muss dir nur den Rücken zukehren..."

Er ließ den Satz unvollendet.

„Es wird erst im Sommer herauskommen. Außerdem muss ich dich nicht erinnern, durch wen alles ins Rollen kam. Ohne dich säße ich noch immer an einem wackeligen Schreibtisch und schriebe Artikel über die deutsche Außenpolitik."

„Du sprichst in der Vergangenheit?"

Ich nickte.

„Ich bin jetzt freier Mitarbeiter bei einem besseren Blatt."

„Glückwunsch! Vielleicht werden sich ja unsere Wege in Zukunft auch beruflich kreuzen."

„Dazu müsste ich Reiseschriftsteller werden, oder? Wie war übrigens deine Reise? Bist du zuhause vorbeigekommen?"

„Borneo lag auf der Route, doch dann kam ein Kabel aus London. Die Reise sei unverzüglich abzubrechen. Morgen Vormittag werde ich erfahren warum."

„Täusche ich mich, oder lässt sich dieser Rückruf als Kompliment deuten?"

Morton grinste und erhob sein Glas.

„Ich will mich nicht festlegen, aber meine Überlegungen gehen in eine ähnliche Richtung." Er deutete auf mein Glas. „Erhebe dein Glas, und lass uns auf unsere Zukunft trinken. Mögen die Götter deine literarische und meine diplomatische Ader mit Wohlgefallen gedeihen lassen."

„Mach den Knoten aus der Zunge", meinte ich und wir leerten unsere Gläser.

„Ah", seufzte Morton, als er das Glas absetzte. „Die letzten fünf Wochen auf See habe ich am Tisch des Missionarsehepaars verbracht, das typische Los, wenn man allein reist. Keinen Martini habe ich trinken können ohne den strafenden Blick der Missionarsehefrau, und ihr Mann mischte sich abends unter die Männer an der Bar, trank Tomatensaft und versuchte, die anderen Männer vom Frevel ihres Handelns zu überzeugen. Nie habe ich den Anblick der üppig grünenden Küste Cornwalls mit stärkerem Heimweh begrüßt."

Das Essen ging so schnell vorüber wie immer, wenn Morton das Gespräch führte. Von wenigen Bemerkungen meinerseits abgesehen, bestritt er die gesamte Unterhaltung. Er erzählte von seiner Reise, den letzten inoffiziellen Neuigkeiten aus den Kolonien und von merkwürdigen Menschen, die ihm begegnet waren. Wir wollten den Rest des Abends nicht im Restaurant verbringen, deshalb schlug ich vor, in meinen Club zu gehen.

IV.

Es war mir zur Gewohnheit geworden, beim Betreten des Salons einen Blick zu dem Tisch neben dem Eingang zu werfen. Auch diesmal tat ich es, aber der Tisch war leer. Vom Kamintisch winkte uns jemand, so dass meine Gedanken nicht weiter bei dem leeren Platz verweilten.

Morton war nicht Mitglied des Clubs und kannte niemanden von der Runde. Ich musste innerlich ein wenig lächeln, als ich vernahm, dass der alte Bridgeham Morton nach der Vorstellung in eine Diskussion über die moralischen Pflichten des Empire zu verwickeln suchte. Ich kannte die Einstellungen der beiden.

„Diese Eingeborenen sind unterentwickelt. Davon zeugt ihre Kleidung, ihre primitive Lebensweise, ihre allgemeine Unordnung."

Bridgeham hatte den Abend zweifellos nicht abstinent zugebracht. Seine Stimme war laut, mit übertrieben weltmännischem Akzent, und sein Gesicht glänzte wie ein frisch glasierter Muffin.

„Ein Leben in den Tag hinein ohne Gedanken an morgen", bekräftigte er.

„Die Lebensweise der Eingeborenen unterscheidet sich von der unsrigen", erwiderte Morton, „aber der Grad der Entwicklung einer Gesellschaft ist immer nur das Ergebnis eines Vergleichs und damit relativ."

Bridgeham begriff kein Wort.

„Wenn ich England als Vergleichsobjekt wähle", warf ein Mann ein, den ich als betuchten West-Indien-Kaufmann kannte, „und das würden Sie auch tun, dann komme ich zwangsläufig zu dem Schluss, dass die Ureinwohner der Kolonien trotz unserer Bemühungen noch immer einen wesentlich niedrigeren Entwicklungsstand besitzen."

„So isses, ja", versicherte ihn Bridgeham mit rauer Stimme seiner Unterstützung. Er räusperte sich und nahm einen Schluck Whiskey, den glasigen Blick wieder auf Morton gerichtet.

„Sie haben recht", antwortete Morton langsam. „Natürlich wähle ich England als Vergleichsobjekt, denn ich bin wie Sie Engländer und messe jede andere Kultur an meiner. Trotzdem bleibt zu bedenken, welche Aspekte man beim Anstellen eines solchen Vergleichs berücksichtigt. Pferde sind nicht minderwertig im Vergleich zu Kühen, nur weil sie keine Milch geben oder Kühe im Vergleich zu Pferden, weil Sie keine Fuchsjagd mit ihnen reiten können."

Ich bezweifelte, dass der alte Bridgeham verstand, doch er schien zu ahnen, dass die Entwicklung nicht ganz in seinem Sinne war, denn er holte Luft, um zu einer Gegenrede anzusetzen. Goldsmith brachte ihn mit einer Handbewegung zum Schweigen.

„Jeder in dieser Runde wird Ihnen zustimmen", ergriff er das Wort, „doch diese Vergleiche hinken. Nehmen Sie unsere politischen Parteien, die Demokratie oder die Einführung der Krankenversicherung in Deutschland im vergangenen Jahrhundert - zeugen diese Dinge nicht von einer Überlegenheit von Geist und Charakter, die man unter den Wilden so schmerzhaft vermisst?"

Mit freigelegten Zähnen warf er einen Blick in die Runde und lehnte sich zurück, wie er es wahrscheinlich auch im Gerichtssaal nach einem gelungenen Plädoyer tat.

Einige der Männer nickten und murmelten Zustimmung. Der alte Bridgeham schaute noch verwirrter. Demokratie und Krankenversicherung waren Worte, die man erst in den Mund zu nehmen begonnen hatte, als er die Erweiterung seines Wissens bereits eingestellt hatte. Was sollte dieser Unfug, stand in seinem Gesicht zu lesen, und er schien nicht mehr sicher zu sein, wer nun sein Gegner war. Wohl auf der Suche nach etwas Konstantem griff er nach seinem Whiskeyglas.

Morton verlor nichts von seiner Ruhe. Sein aufmerksamer Blick wanderte von einem zum anderen und blieb schließlich an Goldsmith hängen.

„Gewiss sind wir, von unserem abendländischen Standpunkt aus betrachtet, den Völkern der Kolonien einiges an Organisation und Objektivität voraus."

Der alte Bridgeham blinzelte überfordert.

„Aber bedenken Sie auch, meine Herren, dass ein Volk nur jene Dinge zu verbessern und weiterzuentwickeln trachtet, die ihm dessen würdig erscheinen. Keins der zahlreichen, kleinen Südseevölker hat es für nötig befunden, sich einen großen und für sie nutzlosen Verwaltungsapparat zuzulegen. Europa dagegen mit seinen riesigen Bevölkerungszahlen und sozialen und ökonomischen Problemen benötigte ordnend eingreifende Behörden."

Die anschließende Stille währte nicht lange.

„Was wollen Sie eigentlich", bellte Bridgeham, „gucken Sie sich doch die Wilden an mit ihren verrückten Medizinmännern und ihrer verdammten Götterchose. Wenn ich zu wählen hätte zwischen so einem bemalten Affen aus dem Dschungel und einem studierten, schottischen Arzt, ich wüsste, wen ich an mich heranließe."

Zur Bekräftigung seiner Worte schlug er mit der Faust auf die Armlehne. Wie ein Beben lief die Erschütterung durch seinen Körper und ließ seine bläulich verfärbten Tränensäcke erzittern.

Die Männer der Runde quittierten Bridgehams Ausfall mit irritierten Blicken. Mortons Ausdruck zeigte die Verständnislosigkeit, von der er wusste, dass die anderen sie als die eigene Unfähigkeit identifizieren würden, Verständnis für Bridgehams brüsken Einbruch in ihre Unterhaltung aufzubringen. Morton war Gast im Club, der blande Anstand verbot einen Angriff aus den eigenen Reihen. Dass es sich bei den eigenen Reihen um einen angetrunkenen Offizier handelte, der sein Gnadenbrot in flüssiger Form zu sich nahm, stärkte ihre Lage nicht eben. Ich begann zu verstehen, warum man Morton zurückgerufen hatte.

„Auf diesem Gebiet gibt es nur einen unter uns, der hierzu sprechen kann", beendete Goldsmith die zunehmend peinliche Stille. Er richtete seinen Blick auf den Mann zu meiner Rechten. „Doktor Atkinson, Sie sind Arzt und haben viele Jahre in den Kolonien praktiziert. Wie denken Sie darüber?"

Atkinson war einer der wenigen Männer unserer Runde, die ich etwas besser kannte. Wir waren beide Menschen, die es vorzogen zuzuhören. Der größte Teil seines Kopfes war hinter einem dichten, weißen Haarschopf und einem ebensolchen Vollbart verborgen. Unter den buschigen Brauen lagen die Augen in tiefen Höhlen. Wie immer, wenn er zu Sprechen anhob, gingen seinen Worten Sekunden bedächtigen Nachdenkens voraus.

„Es stimmt, dass ich lange Zeit - immerhin fast siebzehn Jahre - in den Kolonien verbracht habe. Aber siebzehn Jahre reichen nicht aus, um Ihnen erschöpfend Auskunft zu geben."

Er machte eine Pause.

„Als ich meine Arbeit in den Kolonien aufnahm, hielt ich nichts von Medizinmännern und ihrer Beschwörungsmedizin. Ich sah ihre Heilungsweisen als eine Art Stadium, das auch die europäische Medizin früher einmal durchschritten hat."

Erneut machte er eine Pause.

„In diesen siebzehn Jahren habe ich gelernt, dass die eingeborenen Medizinmänner - oder Zauberer oder Magier, man mag sie nennen, wie man will - Fähigkeiten besitzen, die unsere Wissenschaft nicht erklären kann. Ich erinnere mich sehr gut an den Fall eines Eingeborenen, der zu mir kam und über Schmerzen im Bauch klagte. Ich untersuchte ihn und stellte fest, dass ein Lebertumor im fortgeschrittenen Stadium die Ursache seiner Beschwerden war. Die Geschwulst war bereits so groß, dass sie eine Vorwölbung der Bauchwand verursachte und die Haut narbig durchsetzt hatte. Mir war klar, dass der Mann innerhalb weniger Wochen sterben würde, und ich sagte ihm, dass es mir unmöglich sei, ihn zu heilen. Ich riet ihm aber, in den Kampong hinunterzugehen, wo es unter den Eingeborenen einen Mann gab, der sich meines Wissens aufs Heilen verstand. Ich glaubte keinen Moment lang, dass diesem Mann zu helfen war, aber ich brachte es nicht fertig, den armen Teufel ohne einen Funken Hoffnung fortzuschicken."

Nach einer kurzen Pause fuhr Atkinson fort.

„Zwei Tage später stand der Mann wieder vor mir und erklärte, er sei geheilt. Ich glaubte ihm natürlich kein Wort und untersuchte ihn eingehend. Sie können mir glauben, ich war erstaunter und ungläubiger, als ich es jetzt ausdrücken kann. Der Tumor war verschwunden. Es war keine Wölbung unter der Haut zu sehen, ich konnte die derbe und höckerige Oberfläche des Tumors nicht mehr tasten, die ich zwei Tage zuvor selbst mit Handschuhen gefühlt hätte, und die Haut darüber war weich und verschieblich. Ich wusste nicht, was ich denken sollte. Mir schoss der Gedanke durch den Kopf, dass man mich vielleicht täuschen wollte und es sich nicht um denselben Mann handelte. Sie wissen, dass man sich als Europäer schwer tut, die Gesichter der Eingeborenen zu unterscheiden. Warum man ein solches Spiel mit mir treiben wollte, ich konnte mir keinen Sinn darauf reimen. Trotzdem begann ich, ihn ein zweites Mal zu untersuchen. Der Vergleich der Ergebnisse mit meinen zwei Tage alten Aufzeichnungen und all dem, was ich in Erinnerung hatte, bestätigte mir jedoch zweifelsfrei, dass es sich um ein und denselben Mann handelte. Ich fragte ihn daraufhin, was ihm widerfahren sei. Er erklärte mir, dass der Magier, zu dem ich ihn geschickt hatte, ihn von seinem Leiden befreit habe. Ich bohrte weiter, um zu erfahren, was der Magier unternommen hatte. Der Mann war nicht sehr sprachgewandt, deshalb dauerte es fast den gesamten Nachmittag, bis ich mir einen ausführlichen Überblick verschafft hatte. Demnach hatte der Magier ihn in ein kleines, nur von Kerzenlicht erleuchtetes Zelt gebracht. Mehr als die halbe Nacht lang lag der Mann dort auf einem Lager aus trockenem Gras. Währenddessen strich der Magier leise vor sich hinmurmelnd mit den Händen unentwegt über den Körper des Mannes hinweg, gerade oberhalb der Haut und immer in dergleichen Richtung.

Zwischendurch erhob er von Zeit zu Zeit seine Hände zum Zeltdach und betete dabei unverständliche Verse. Schließlich, es war weit nach Mitternacht, presste er beide Handflächen mit aller Kraft auf die am stärksten schmerzende Stelle des Bauches. Wie er mir erzählte, durchzuckte den Mann hierbei ein unerträglicher Schmerz, der den gesamten Körper erfasste und am stärksten in der Wirbelsäule war. Darauf begannen sich die Hände des Magiers zu bewegen, als seien sie an der Haut des Mannes festgewachsen. Lange sah er durch den von Schmerz getrübten Blick nur die zitternden Hände des Magiers. Dann auf einmal lösten sie sich von der Hautoberfläche, unter den Handflächen hing ein brauner, blutiger Klumpen mit gelben Stippen. Der Mann erklärte mir, er habe ein Gefühl verspürt, als sei an dieser Stelle etwas aus seinem Körper herausgesogen worden. Ich sah mir die Stelle ein weiteres Mal genauestens an, konnte aber abgesehen von einer leichten Rötung nichts erkennen; keine Wunde, keine Blutkruste, keine Narbe - rein gar nichts, was auf eine Operation hingewiesen hätte."

Mit einem angedeuteten Lächeln blickte Atkinson in die Runde.

„Ich hatte keinen Grund, dem Mann nicht zu glauben. Der Mann war gesund und lebte noch, als ich einige Jahre später nach Europa zurückkehrte."

Die Spannung, die während Atkinsons Schilderung entstanden war, löste sich langsam. Jemand lehnte sich zurück. Ein anderer steckte ein Streichholz in Brand.

„Verdammter fauler Zauber!" Bridgehams Worte platzten in die Stille. „So 'n Humbug ist doch unmöglich!"

„Mein lieber Bridgeham", gab Atkinson zurück, „ersetzen Sie das Wort unmöglich durch das Wort unerklärlich und ich stimme Ihnen zu. Nur das ist diese Sache nämlich. Aber ich habe die Hoffnung, dass unsere Wissenschaft irgendwann in der Lage sein wird, auch diese Phänomene erklären zu können."

„Sagen Sie bloß noch, Sie würden sich so 'em Quacksalber anvertrauen."

Bridgeham ließ seinen Worten ein ironisches Lachen folgen, doch seine schlaffen Lippen machten es verwaschen und ziellos.

Ich war erschrocken. Den anderen ging es ähnlich, in einigen Blicken las ich schlecht verhohlene Verachtung, einige schauten zur Seite. Ohne genau zu wissen warum, vielleicht aus Gewohnheit, sah ich zu dem Tisch am Eingang hinüber - und erlebte eine Überraschung.

Mit vornüber gebeugtem Oberkörper saß der Mann an seinem Platz. Die Hände mit der Zeitung waren auf seine Knie gesunken, so dass die aufgeschlagene Times in Falten in seinem Schoß lag. Die Augen unter seinen zusammengezogenen Brauen waren geradewegs auf uns gerichtet, seine gesamte Aufmerksamkeit schien unserer Runde zu gelten.

„Natürlich würde ich mich in den Händen eines schottischen Arztes wohler fühlen", erwiderte Atkinson langsam, „aber noch immer gilt der Satz: Wer heilt, hat Recht. Nur ein Dummkopf, lieber Bridgeham, würde sich der Hoffnung auf Heilung auf anderem Wege verschließen, nur weil die Wissenschaft sein Leiden für unheilbar hält."

Ich war so erstaunt über die Wandlung, die mit dem Mann vor sich gegangen war, dass ich die Augen nicht von ihm wenden konnte. Ich merkte, wie Morton mir einen Blick zuwarf, der länger auf mir ruhte, als es einem flüchtigen Blick zukam.

Als ich mich endlich wieder der Runde zuwandte, hörte ich, wie einer der Männer etwas auf Atkinsons Worte sagte. Der Zusammenhang war mir nicht klar. Ich sah Bridgeham seinen glasigen Blick mit einem behäbigen Drehen seines fleischigen Halses auf den Sprechenden richten. Jemand sprach mit lauter Stimme und ich sah, wie Bridgeham sich mit plötzlich hochrotem Kopf vorbeugte.

Goldsmith hob begütigend seine Hände. „Aber bitte, Gentlemen, lassen Sie uns doch auf zivilisierte Weise miteinander umgehen."

Ich wandte erneut den Kopf, um nach dem Mann zu sehen. Diesmal begnügte sich Morton nicht mit einem Seitenblick, sondern drehte sich ebenfalls um. Seltsam, es war nur ein flüchtiger Moment, doch der Ausdruck in den Augen des Mannes war schlagartig verändert. Schon bereit sich abzuwenden, hielt Morton mit gerunzelter Stirn inne. Noch einmal drehte er sich um, dann stand er nach einer knappen Entschuldigung auf. Ich sah, wie er an den Tisch des Mannes trat und mir kurz darauf ein Handzeichen machte.

•

„Darf ich Ihnen einen Freund von mir vorstellen", hörte ich Morton sagen, als ich an den Tisch trat. „Wir haben die Kindheit gemeinsam auf Borneo verbracht."

Morton stellte mir den Mann als Mr. Andrew vor, Regierungsbeamter wie er. Sein Händedruck war kurz und fest, dabei sah er mich zwar nicht lange, aber unverwandt an. Am Abend zuvor hatte ich sein Gesicht nur im Profil betrachten können. Dabei waren mir seine Augen entgangen. Jetzt sah ich, dass sie dunkel, fast schwarz waren, und als er mich direkt ansah, verstärkte der Kontrast zur blassen Farbe seiner Haut den Ausdruck von Tiefe.

„Ich habe Ihr Buch gelesen", sagte er. „Es hat mir gefallen."

„Das zeugt von Durchhaltevermögen", versuchte ich zu scherzen.

„Ich meine es, wie ich es sage." Er lächelte nicht - nicht einmal eine Andeutung davon. „Ich pflege Höflichkeit nicht um ihrer selbst willen."

Ich wusste nicht, wie ich darauf antworten sollte. Vermutlich erwartete seine Äußerung gar keine

Antwort, denn Morton zugewandt fuhr er fort: „Ich habe Sie nicht so früh zurückerwartet. Vor einigen Wochen hörte ich im Ministerium, dass mit Ihrer Rückkehr nicht vor Mai zu rechnen sei."

„So hätte es sein sollen", nickte Morton, „aber beim Eintreffen in Hongkong erhielt ich Order, unverzüglich nach London zurückzukehren. Noch am gleichen Tag habe ich mich eingeschifft. Der Direktor bei P&O hatte einige Mühe, eine Kabine für mich zu organisieren."

„Wurde Ihnen ein Grund genannt?"

„Ich habe nicht die geringste Ahnung, worum es geht. Morgen werde ich Näheres erfahren."

Andrew nickte unmerklich.

„Nun, dann werde ich für Sie hoffen, dass man Sie nicht in die Einsamkeit eines entfernten Archipels schickt, um meuternde Eingeborene auf den Pfad der Wahrheit zurückzuführen."

Auch ohne entsprechende Mimik war die Ironie in seinen Worten unüberhörbar. Empört versuchte ich, in seinem Gesicht zu lesen, aber da waren weder ein sarkastisches Verziehen der Lippen, noch ein verräterisches Blitzen in den Augen. Ich wartete auf Mortons Antwort, denn diese Bemerkung verlangte nach Klarstellung. Als ich zu ihm hinsah, entdeckte ich jedoch nur das gewohnte leichte Lächeln auf seinen Zügen. Ohne ein weiteres Wort, selbst ohne uns anzusehen, begann Andrew seine Pfeife zu stopfen. Ich folgte den Bewegungen seiner Hände und wartete, dass jemand sprach. Es schien mir eine Ewigkeit, bis Morton endlich das Wort ergriff.

„Wie geht es Ihrer Frau?"

Ich starrte Morton an, um seinen Blick auf mich zu ziehen. Sollte Andrews Bemerkung ohne Antwort bleiben? Ich fühlte, er hatte es bemerkt, doch er schaute nicht zu mir. Aus plötzlicher Wut heraus Andrews Prozedur des Pfeifenstopfens mit Nichtachtung strafend und voll Unverständnis über Mortons Verhalten blickte ich zur Seite. Vom Kamintisch stierte Bridgeham zu uns herüber. Die Unterhaltung schien an diesem Abend nicht das einzige zu bleiben, das ihn überforderte. In Erwartung einer Antwort auf Mortons Frage blickte ich schließlich doch zu Andrew, und trotz des Rauchs, den er in die Luft blies, entging mir nicht der Blick, den er in Mortons Richtung warf.

„Danke, es geht ihr gut." Nach einer Pause fügte er hinzu: "Unser Winter bekommt ihr nicht. Ich hoffe, es wird in diesem Jahr zeitig Frühjahr."

Er wandte den Kopf zum Kamintisch, wo die Unterhaltung wieder aufgeflammt war und mit lauter Stimme geführt wurde. Seine Stimme war gerunzelt. Er machte den Eindruck, als habe er uns plötzlich vergessen und hing einem Gedanken nach. Ratlos und noch immer eine Spur aufgebracht sah ich zu Morton, doch als Antwort erhielt ich nur das Zucken eines Mundwinkels, das ich nicht deuten konnte.

„Sagen Sie, meine Herren", wandte sich Andrew auf einmal an uns, „ich habe Bruchstücke Ihrer Unterhaltung aufgefangen und würde gern wissen, wie Sie zu dem Thema stehen." Sein Blick blieb an mir hängen.

„Was genau meinen Sie", fragte ich, von dem unerwarteten Angriff überrumpelt. „Im Allgemeinen ging es doch um die Verwaltung der Kolonien."

Er nickte eine Spur ungeduldig.

„Ich denke an die eigentümliche Geschichte, die der Arzt in Ihrer Runde erzählt hat. Was halten Sie davon und was halten Sie von Übersinnlichem?"

Er blickte von mir zu Morton. Ich fragte mich, was ihn an Atkinsons Geschichte so beeindruckt hatte.

„Wir sind beide auf Borneo aufgewachsen", erwiderte Morton zögernd. „Es ist unmöglich, dort zu leben, ohne Kontakt mit den Eingeborenen zu haben. Es gibt Dinge in der Macht der Eingeborenen, die man als Europäer nicht begreift. Da diese Dinge jenseits unseres Verständnisses liegen, handelt es sich streng genommen um Übersinnliches. Ihre Existenz abzustreiten zeugte also nur von verletzter Eitelkeit."

Andrew wandte den Blick nicht von ihm.

„Man trifft kaum junge Menschen mit dieser Einstellung. Die meisten in diesem Jahrhundert geborenen Engländer halten derartige Dinge für Erfindungen überspannter Gehirne, im Äußersten vielleicht für das Handwerk schleimiger Illusionisten, die über die Jahrmärkte ziehen. Dabei sind sie selbst nichts als vorlaute Schwätzer, die die Scheuklappen vor ihren Augen nicht bemerken."

Er sagte das mit dergleichen Ungerührtheit, die mir bei seiner früheren Bemerkung aufgefallen war. Doch trotz der Unzweideutigkeit seiner Worte hatte ich nicht das Gefühl, Zeuge einer Anklage oder Beleidigung geworden zu sein.

„Ich denke, ich schulde Ihnen eine Erklärung, warum mich dieses Thema beschäftigt", er warf einen Blick in meine Richtung, „besonders dem Schriftsteller in unserer Runde. Allerdings wird es einige Zeit in Anspruch nehmen."

Angesichts der Indifferenz seiner bisherigen Äußerungen erstaunte mich dieses Gefühl der Verpflichtung, uns gegenüber sein Verhalten zu rechtfertigen.

Morton hob abwehrend die Hände.

„Sie schulden uns nichts. Andererseits weiß ich", meinte er mit einem Lächeln, „dass der Schriftsteller in unserer Runde immer ein Ohr für Geschichten hat. - Außerdem war es höchste Zeit, ihn aus dem Haufen verkalkter Kolonialschädel zu retten."

V.

„Kennen Sie Schottland?"
Die Frage kam unerwartet, nur kurz nachdem er Mortons Worte mit einem dünnen Lächeln bedacht hatte. Morton und ich wechselten einen fragenden Blick. Andrew wartete unsere Antwort nicht ab.

„Ich kannte es bis vor zwei Jahren nicht, wenn man einmal von dem Wissen aus Büchern und Erzählungen absieht. Damals beschlossen meine Frau und ich, eine Autotour durch Schottland zu machen. Wir wollten vor allem den Norden des Landes kennen lernen, die Highlands. Sicher haben Sie schon von dieser Landschaft gehört, und ich versichere Ihnen, was immer man Ihnen erzählt hat, es ist Wort für Wort wahr. Ich habe einige Länder dieser Welt gesehen, aber keins unter ihnen erachte ich würdig, mit Schottland in einem Atemzug genannt zu werden."

Ich bemerkte, wie Andrew seine Fingerknöchel knetete wie jemand auf der Suche nach passenden Worten.

„Schottland besitzt eine Schönheit, mit der weder der Überfluss tropischer Natur noch feinste abendländische Gartenkunst konkurrieren können. Endlos erstrecken sich die kargen Highlands. Sanft ansteigende Hügel lösen sich ab mit tief einschneidenden Tälern, Bergkämme stürzen steil in das torfschwarze Wasser verlassener Lochs, aus öden und unsicheren Mooren tauchen plötzlich archaische Felsrücken auf, auf denen man Städte gründen könnte. Es ist ein Land der Gegensätze und doch nicht allein das. Befindet man sich in der stillen und menschenleeren Umgebung, spürt man, dass man über durchgeistigtes Land schreitet. Wendet man sich unvermittelt um, mag man auf der Kuppe eines angrenzenden Hügels eins der ungezählten schottischen Schafe entdecken, das stumm und reglos herüberblickt. Man glaubt, dass diese altklug blickenden Augen Generationen von Menschen auf- und abtreten gesehen haben müssen, und man fühlt sich wie nur ein weiteres unbedeutendes Geschöpf in einer langen Reihe. - Was ich sagen will", Andrew rollte den Kopf seiner Pfeife langsam zwischen Daumen und Mittelfinger, so dass der Pfeifenhals einen Halbkreis beschrieb, „was ich sagen will, ist, dass Schottland nicht einfach nur schön ist. Es besitzt eine eigene geistige Atmosphäre, die seine Schönheit belebt und über das Sichtbare hinaus spürbar macht."

Seine Mundwinkel zuckten leicht, als er von Morton zu mir sah.

„Ich fürchte, Sie bekommen meine Gedanken nicht richtig zu fassen. Möglicherweise ist das schwer, wenn man noch nicht über schottischen Boden gewandert ist. Es wird besser sein, ich lasse die allgemeinen Beschreibungen und erzähle meine

Geschichte. Dann werden Sie begreifen. - Ich sagte bereits, dass meine Frau und ich eine Autotour durch dieses Land machten. Damals war uns das Land noch vollkommen fremd. Da ich gelesen hatte, dass die Ostküste flach sei und an landschaftlichem Reiz zu wünschen übrig ließe, hatten wir beschlossen, entlang der Westküste nach Norden zu fahren." Andrew blinzelte, als versuchte er, Bilder aus der Erinnerung vor seinem inneren Auge wiedererstehen zu lassen. „Wir erreichten Fort Williams, eine kleine Stadt und doch eine der größten Schottlands. Sie liegt am südwestlichen Ende des Kaledonischen Kanals, der die nördlichen von den südlichen Highlands trennt. Sicher kennen Sie Ben Nevis, den höchsten Berg des Vereinigten Königreichs. Er liegt nicht weit entfernt - bei guten Wetterverhältnissen kann man ihn von Fort Williams sehen - und natürlich bestiegen meine Frau und ich ihn. Wir verhielten uns auch sonst wie normale Reisende. Wir besichtigten Kirchen und Burgen, wir machten Abstecher zu abgelegenen Buchten und versteckten Lochs. Wir übernachteten in einsamen Landgasthäusern mit qualmenden Torffeuern in den Kaminen. Rückblickend glaube ich, dass wir uns in diesen Tagen mehr und mehr der Stimmung der Landschaft öffneten. Wenn man längere Zeit in stiller Abgeschiedenheit verbringt, beginnt man Dinge wahrzunehmen, die zu sehen und zu hören uns normalerweise verwehrt ist. Das Leben in der Stadt betäubt die Sinne und macht blind für diese Art von Wahrnehmung. So erkläre ich mir die Ereignisse, die sich schließlich in einem kleinen Dorf zutrugen."

Ich bemerkte aus dem Augenwinkel, wie sich Bridgeham in seinem Sessel hochstemmte und auf die Armlehnen gestützt von den anderen Männern verabschiedete. Sein glattrasierter roter Nacken quoll bei jeder Bewegung seines Kopfes als breiter Wulst über den steifen Hemdkragen. Da wir neben dem Eingang saßen, musste Bridgeham an unserem Tisch vorüberkommen.

Andrew hatte die Szene ebenfalls beobachtet und musste den gleichen Gedanken gehabt haben.

„Warten wir die Verabschiedung Ihres Bekannten ab", sagte er, die Hände um den Kopf seiner Pfeife gefaltet.

Als Bridgeham mit zaghaftem, unsicherem Gang auf unseren Tisch zusteuerte und Morton und mir mit gemurmelten Worten zunickte, sah ich Andrew aufblicken und angedeutet zurücknicken. Seine Mundwinkel schienen in meiner Einbildung zu zucken. Als ich seinem Blick folgte, sah ich Bridgeham gerade noch mit betont geradem Gang in der Halle verschwinden.

„Der Kolonialbeamte des Empire, Vorposten der Zivilisation, fest im Charakter und unvoreingenommen im Rechtsempfinden."

In Andrews Worten schwang nichts mit, auch das Gesicht war ausdruckslos. Meine jugendliche Empfindlichkeit jedoch ließ mich offensichtliche

Verachtung heraushören und ich war bereit für eine erzürnte Antwort.

„Ein Zitat in einem interessanten Zusammenhang", kam mir Morton zuvor. Es lag weder Vorwurf noch Wertung in seinen Worten.

Ich erwartete eine Reaktion Andrews, doch der Blick zwischen ihm und Morton, der sich wie ein unausgesprochener Disput ausspannte, blieb alles. Schließlich wandte Andrew seinen Blick ab und setzte seine Erzählung fort, als sei nichts geschehen.

„Nach einigen Tagen erreichten wir ein kleines Dorf im Herzen der Highlands. Es lag am Ufer eines langen und schmalen, von kleinen Felseninseln übersäten Lochs. Ich habe den Namen des Dorfes vergessen, es war eine jener schottischen Ortsbezeichnungen, die ihre Wurzeln im Gälischen haben und für uns unaussprechlich sind. Der Name stand in handgemalten Buchstaben auf einem wettergegerbten Schild am Dorfeingang, und wegen seiner Länge machten wir uns nicht einmal die Mühe, ihn zu buchstabieren. Der Wirt des Gasthauses, in dem wir Unterkunft fanden, erklärte mir später, dass der Name so viel wie ‚kleiner See am Berghang' bedeutete. In der Tat zog sich ein schmaler See zwischen zwei Bergketten entlang, die einen unvollständigen Talschluss bildeten. An seiner schmalsten Stelle lag das Dorf, und ein Stück weiter den Berghang hinauf befand sich die alte Burg, wegen der allein wir in diese Gegend gekommen waren.

Von der Dorfstraße aus konnte man sie sehen, sie stand auf einer Art schmaler Terrasse, die die Natur in einer Laune im Fels hinterlassen hatte. Auf die Entfernung konnte man nicht mehr als ein graues Gemäuer ausmachen, dessen unregelmäßige Umrisse einen arg verfallenen Eindruck suggerierten.

Da es bei unserer Ankunft schon früher Nachmittag gewesen war, verschoben wir die Besichtigung der Burg auf den folgenden Tag. Den Rest des Tages verbrachten wir in der Sonne am Ufer des Lochs, und als es später kühler wurde, setzten wir uns in die Wirtsstube des Gasthauses. Sie war klein und dunkel, und die Luft hing schwer vom bissigen Rauch des Torffeuers. Die Fahrt hatte uns ermüdet, deshalb hielt es uns nicht lange dort, und wir gingen schlafen.

Am folgenden Morgen brachen wir sofort nach dem Frühstück auf, versorgt mit zwei reichlich bestückten Lunchpaketen, die uns der Wirt mitgegeben hatte. Das steile und zum Teil unbegehbare Gelände zwang uns zu großen Umwegen, so dass wir für den Weg zur Burg hinauf fast vier Stunden benötigten. Es war einer der in Schottland seltenen Tage, an denen der Himmel wolkenlos ist und das Blau ohne Stufen in strahlendes Weiß wechselt, je weiter man den Blick der Sonne nähert. Wir machten kaum Pausen. Je höher wir kamen, desto kleiner wurde das Dorf unter uns mit der von keinem Windhauch berührten Oberfläche des Lochs, das ausgegossen wie ein Band flüssigen Silbers zwischen den Bergrücken lag. Gleichzeitig wurden mit jedem Blick, den wir nach den Etappen unseres Aufstiegs hinaufwarfen, mehr Einzelheiten des Gemäuers erkennbar. Als wir die Burg schließlich erreichten, war es bereits Nachmittag. Aus der Nähe betrachtet war sie noch mehr Ruine als vermutet, nur zwei Türme und ein Flügel waren noch halbwegs erhalten. Zunächst fanden wir keinen Weg durch die Schlehen, die den Fuß des Bauwerks wie eine Schutzmauer umwucherten, aber schließlich gelangten wir von der Seite her, wo Mauerwerk fehlte, in einen schmalen Innenhof. Sie können sich die Stille, der wir begegneten, nicht vorstellen, wenn Sie sie nicht erlebt haben. Es ist ein Unterschied, ob man sich Wachskugeln in die Ohren steckt und taub ist, oder ob man sich mit einem gesunden Gehör in einer vollkommen geräuschlosen Umgebung befindet."

Andrew machte eine kurze Pause.

„Man vermeint, die Stille selbst zu hören, die Lebensäußerungen der Materie an sich, ihr Atmen, nicht ihre Sprache. Ich weiß nicht, ob ich mich Ihnen verständlich machen kann, doch ich weiß auch nicht, wie ich es anders beschreiben könnte. Als wir nach einigen Momenten des Einhaltens über Geröll kletterten und sich ein Brocken löste, klang das Prasseln wie Geschützfeuer in unseren Ohren. Es war kindisch, aber unwillkürlich bemühten wir uns, keine Geräusche zu machen, als fürchteten wir, die Stille zu stören, die ihren Platz hier nicht erst seit Jahrzehnten, sondern seit Jahrhunderten zu haben schien.

Wir krochen unter erhaltenen Torbögen hindurch, kletterten über Halden von verwittertem Mauerwerk und stießen endlich auf eine Treppe, die in den talnahen der beiden Türme hinaufführte. Vom oberen Treppenabsatz lief ein offener Steg, der einmal ein geschlossener Gang gewesen sein musste, zum anderen Turm hinüber. Die Treppe selbst führte mit einem Dutzend Stufen weiter hinauf und endete auf der Spitze des Turms in einer Plattform.

Ich weiß nicht warum, aber ich wandte mich in den Gang, der jetzt vom Himmel überdacht wurde, während meine Frau die Treppe zur Plattform hinaufstieg. Vielleicht zogen mich die mächtigen, zum Tal hinausgehenden Fensteröffnungen an, von denen nur noch die unteren Einrahmungen standen. Das zum Innenhof gewandte Mauerwerk war bereits vollständig eingebrochen. Hier und da vermeinte ich in Winkeln, die nicht von Wind und Regen blank geputzt waren, Rußspuren zu entdecken. Ich sah das Bild einer gewaltigen Feuersbrunst vor mir, die das Gemäuer vor langer Zeit zerstört haben musste. Es erstaunte mich die Leichtigkeit, mit der meine Vorstellung den Weg in die Vergangenheit fand, und die Lebendigkeit der Flammen, die ich vor meinem inneren Auge lodern sah, erschreckte mich."

Andrews Blick ruhte auf einem Punkt hinter meinem Rücken. Seine Augen waren weit geöffnet, als sahen sie auch jetzt wieder die Flammen. Unwirsch schüttelte er den Kopf.

„Ich glaube, es war das gleiche Phänomen, das Sie finden, wenn Sie in Gesellschaft eine Galerie besuchen. Ich erinnere mich an einen befreundeten Offizier aus den Kolonien, der im vergangenen Jahr mit seiner Frau zu Besuch in London war. Ich zeigte ihnen die Sehenswürdigkeiten der Stadt, darunter auch die Tate Gallery. Als wir einen der Säle betraten, wandten sich beide ohne einen Blick oder ein Wort der Verständigung ganz unterschiedlichen Gemälden zu."

Andrew zögerte.

„Als hatte jeder von ihnen plötzlich einen unsichtbaren Gegenpol gefunden, dessen Anziehungskraft sie folgen mussten. Ich bin heute überzeugt, dass jeder Mensch eine sehr spezielle, persönliche Konstitution besitzt, eine individuelle Prägung von Körper und Geist. Und diese Konstitution ist wie ein Schloss. Trifft ein Mensch auf eine andere Konstitution - oder nennen Sie es Konstellation - so reagiert er meiner Auffassung nach umso heftiger, je stärker sie dem Schlüssel ähnelt, der auf sein Schloss passt."

Er zuckte mit den Schultern.

„Entschuldigen Sie meine Deutungsversuche, aber es ist die einzige Erklärung, die ich finden kann für das, was dann geschah. Nun, ich wandte mich nach einigen Metern um und folgte meiner Frau nach oben, doch da war es schon zu spät. Ich betrat die Plattform kaum eine Minute nach ihr und sah sie am Rande stehen. Im ersten Moment achtete ich gar nicht so sehr auf sie, denn ich war gefesselt von der Aussicht. Weit unten im Tal lag zwischen den beiden Bergrücken die glänzende Seeoberfläche. Darüber spannte sich der Himmel wie ein Seidentuch. Erst nach einigen Sekunden bemerkte ich, dass meine Frau, die mir den Rücken zukehrte, vollkommen regungslos dastand. Sie hatte sich nicht bewegt, seit ich die Plattform betreten hatte, nicht einmal ihren Kopf in meine Richtung gewandt. Sie musste meine Schritte gehört haben, als ich zu ihr treten wollte, denn im gleichen Augenblick fuhr sie herum, starrte mich mit weit aufgerissenen Augen an. Ihr Gesicht war kreidebleich. Eine unbeschreibliche Angst stand in ihrem Blick - Angst, die an Panik grenzte. Ich war erschrocken und rief sie bei ihrem Namen. Sie reagierte nicht. Als ich einen weiteren Schritt auf sie zu machte, schrie sie ‚Komm' nicht näher! Bleib', wo du bist!' Ihre Stimme überschlug sich fast. Die zu Fäusten geballten Hände hatte sie auf die Brust gepresst. Ihr Blick sprang von einer Seite zur anderen wie der eines Tieres, das in einer Falle gefangen war und eine Fluchtmöglichkeit suchte. Ich stand vor ihr, entgeistert, verstand nicht, was vor sich ging. Etwas musste in sie gefahren sein und ihre Sinne verwirrt haben. Ein Windstoß wehte eine Haarsträhne in ihre Augen und sie bemerkte es nicht einmal. Ich machte einen weiteren Schritt auf sie zu. ‚Rühr' mich nicht an!' Ich erkannte ihre Stimme nicht wieder, so gell und von Entsetzen erfüllt war sie. Zitternd am ganzen Körper wich sie weiter vor mir zurück. Dabei stieß sie mit dem Fuß an einen Steinbrocken. Da erst sah ich, dass die kniehohe Steinbalustrade, die die Plattform umgab, nur wenige Schritte hinter ihr lag. Sie wandte ihr den Rücken zu. Der nächste unbedachte Schritt konnte verhängnisvoll sein.

Plötzlich wusste ich, was ich zu tun hatte. Etwas hatte von ihr Besitz ergriffen und ich musste sie davon befreien. Ich begann zu schreien so laut ich konnte. Ich schrie, sie solle zu sich kommen, ich schrie, sie solle vernünftig werden. Ich breitete meine Arme aus und schlug sie über dem Kopf zusammen. Ich musste sie mit Sinnesreizen überschütten und sie zwingen, in die Wirklichkeit zurückzukehren. Zuletzt wusste ich nicht mehr, was ich schreien sollte. Meine Lungen schmerzten schon von der Anstrengung. So brüllte ich einfach, dass es fast meine eigenen Ohren betäubte. Mir drohte, von den tiefen Atemzügen schwarz vor Augen zu werden, als ich sah, wie die Wildheit aus ihren Augen schwand, wie das Grauen sich erschöpfte. Gleichzeitig verloren ihre Glieder den Halt wie die einer Marionette, deren Fäden einer nach dem anderen durchschnitten wurden. Sie taumelte, und ich konnte gerade noch rechtzeitig hinzu springen, um sie aufzufangen."

Den Kopf seiner Pfeife mit solcher Gewalt umfasst, dass die Fingerknöchel weiß hervortraten, saß Andrew leicht vorgebeugt da, die Ellbogen auf die Beine gestützt. Doch seine Worte blieben von der ungeheuren inneren Spannung fast unberührt. Seine Schilderung geschah beherrscht, als zwang er sich selbst heraus aus der Rolle des Betroffenen in die des Beobachters.

„Immer wenn ich daran zurückdenke, sehe ich meine Frau wieder dort stehen und taumeln. Ich werde dieses Bild nie loswerden. - Ich führte meine Frau so schnell es ging nach unten", fuhr er nach einer Pause fort, „und ließ sie sich am Fuß der Ruine in die Sonne setzen. Sie war völlig verstört, brachte keine zwei zusammenhängenden Worte heraus. Anscheinend konnte sie sich nicht an das Vorgefallene erinnern, denn als sie sich langsam fasste, fragte sie wieder und wieder, was passiert sei. Ich weiß nicht mehr, ob und was ich geantwortet habe. Mein einziger Gedanke war, sie ins Tal zurückzubringen, damit sie zur Ruhe kommen konnte.

Als sie sich etwas erholt hatte, machten wir uns auf den Weg. Ich war so sehr beschäftigt, auf meine Frau acht zu geben, dass ich während des Abstiegs keinen Gedanken an den Vorfall verschwendete. Wenn überhaupt, so war es Verständnislosigkeit, die ich aufbrachte. Eine Wegbiegung nach der anderen brachten wir hinter uns und trotzdem näherte sich das Dorf nur inchweise. Die Zeit, bis wir endlich spät nachmittags vor dem Gasthaus standen, erscheint mir in der Erinnerung wie eine Ewigkeit. Ich bestand darauf, dass sich meine Frau sofort hinlegte und blieb bei ihr. Doch ich brauchte mir keine Sorgen zu machen. Die geistige Anspannung verbunden mit der Anstrengung des Fußmarsches hatten sie erschöpft und ließen sie bald einschlafen. Ich war sicher, dass alles überstanden sein würde, wenn sie ausgeschlafen und wieder zu Kräften gekommen war. So jedenfalls dachte ich, als ich in der Wirtsstube saß und etwas trank. Dort am Tisch in der beißenden Luft kam mir der Zwischenfall nur noch wie Traumwerk vor, eine unangenehme Erinnerung, ein Spinnfehler im Band der Ereignisse."

Andrew machte eine Pause, um einen Schluck aus seinem Glas zu nehmen. Er sah keinen von uns an.

„Hätte ich gewusst, was uns bevorstand, ich hätte dafür gesorgt, dass wir das Dorf innerhalb einer Stunde verlassen hätten."

Keiner von uns sprach, wahrscheinlich wegen des seltsamen Geschmacks von drohendem Unheil und Resignation in seinen Worten. Die Andeutung eines Unterlegenseins, die in so krassem Gegensatz zu der kühlen Überlegenheit stand, die von ihm ausging, irritierte mich. Ich sah zu Morton und dieser hob an, etwas zu sagen, doch Andrew hob abwehrend die Hände.

„Sie werden jetzt eine Menge Fragen haben, aber lassen Sie mich erst die ganze Geschichte erzählen. Die meisten Fragen werden sich selbst beantworten. Die folgende Nacht und der folgende Tag gaben mir jedenfalls auf manche der Fragen Antwort, die mich in jenen Stunden beschäftigten."

VI.

Andrew sah auf die Pfeife in seiner Hand, deren Glut erloschen war. Derweil er sie wieder in Brand setzte, schaute ich zum Kamintisch hinüber. Ohne es zu bemerken, hatte sich die Runde auf fünf Personen verkleinert. Goldsmith beendete gerade mit einer die Luft zerteilenden Handbewegung eins seiner Plädoyers. Einen triumphierenden Blick in die Runde schickend und mit einem Grinsen seines Fledermausgebisses ein Bein über das andere schlagend, lehnte er sich zurück. Einer seiner Zuhörer sah unauffällig auf die Uhr und unterdrückte mit bebenden Nasenflügeln ein Gähnen.

„Nach einer halben oder dreiviertel Stunde hielt ich es in der Wirtsstube nicht mehr aus", nahm Andrew den Faden wieder auf. „Früher wurden die Steuern in Schottland nach der Zahl der Fenster berechnet, deshalb besitzen viele Häuser noch heute nur wenige Fenster. Die Enge des Raums, seine Düsternis und der Rauch erdrückten mich. Ich verließ das Gasthaus und ging die Hauptstraße entlang. Eher war es nur ein fest ausgefahrener Landweg, der aus dem Tal heraufführte, durch das Dorf lief und dann über eine weite Strecke der Uferlinie des Lochs folgte. Erst zum Talschluss hin trennte er sich vom Wasser und wand sich in Serpentinen den

Hang hinauf. Ich war vielleicht eine halbe Meile gegangen, als die Dämmerung hereinzubrechen begann und mich zur Umkehr bewog. Die frische Luft hatte mir gut getan, deshalb änderte ich zurück am Gasthof meinen Entschluss und folgte auf gut Glück einem schmalen Weg, der hinter dem Gasthof abzweigte und einen Hügel hinaufführte. Er war unebener als die Hauptstraße, und er schien aus einem Fußpfad hervorgegangen zu sein, denn er wich in seinem Verlauf auch kleineren Gesteinsbrocken aus. Er besaß eine beträchtliche Steigung, die mich meinen ganzen Atem kostete. Die Farbe des Himmels über mir war inzwischen zu einem tiefen Blau geworden, rundherum begrenzt von den Silhouetten der Bergzüge - ein Bild wie eine mit Skalpell geschnittene Theaterkulisse. Der Anblick fesselte mich so sehr, dass ich von der Kuppe des Hügels aus die Ansammlung von Häusern und Katen in der unter mir liegenden Mulde fast übersah. In ihrer Mitte stand eine kleine Kirche von gedrungenem Bau, nach unseren Maßstäben kaum mehr als eine Kapelle. Außer eines einzigen Lichts sah ich kein Zeichen menschlicher Besiedlung, nur die Schemen, die im schwindenden Licht mehr und mehr an Kontur verloren. Ich wunderte mich, dass man die Kirche so weit abseits vom Dorf am Loch gebaut hatte. Da es mehr und mehr dunkelte, widmete ich dieser Frage keine weitere Aufmerksamkeit. Ich musste mich beeilen, wenn ich den Rückweg über den tückischen Pfad nicht in Finsternis zurücklegen wollte. Am Ufer des Lochs verharrte ich noch einen Augenblick. Nur wenige Fenster der Häuser waren von schwachem Licht erhellt und die Oberfläche des Lochs lag vollkommen unberührt da, einem Spiegel gleich, der ein Abbild des Himmels in seine Tiefe zauberte. Und über allem spannte sich diese Stille, so unglaublich klar und unbewegt."

Andrew legte eine Pause ein, und diesmal war es mir, als sah nicht nur er, sondern auch ich dieses Bild vor meinem inneren Auge. Und beinahe konnte ich auch Andrew sehen, in Tweed gekleidet, mit einem Spazierstock in der Hand, wie er am Ufer des Lochs stand und die Sinne in die Nacht richtete, um die Stille zu begreifen.

„Meine Frau schlief, als ich zurückkehrte. Der Spaziergang und die natürliche Trägheit des menschlichen Geistes am Ende eines Tages hatten den Vorfall inzwischen zu einem Ereignis werden lassen, das meiner Erinnerung bereits am entrücken war. Ich dachte kaum noch daran, als ich mich hinlegte. Ich glaube, meine letzten Gedanken vor dem Einschlafen kreisten um ganz andere Dinge." Diesmal sah er von Morton zu mir, als er erneut eine Pause machte. „Ich erwachte in der hereinbrechenden Morgendämmerung und ich fand das Bett meiner Frau leer."

•

Die Standuhr am Kopfende des Salons schlug zweimal, die letzte Stunde des Abends neigte sich gegen Mitternacht. Morton sah auf seine Uhr. An der Art, wie er sie mit dem Daumen in die Westentasche zurückschob, den Blick auf Andrew gerichtet, sah ich seine Aufmerksamkeit. Der Kreis am Kamintisch war auf drei Männer geschrumpft, Doktor Atkinson, der vorsichtig den Stummel seiner Zigarre zwischen den Lippen bewegte, und zwei Männer, deren Namen ich nicht kannte. Diese Dinge nahm ich ohne bestimmtes Interesse wahr, mehr unbewusst, so, wie man beim Pferderennen des Zylinder seines Vordermannes betrachtet, wenn die Pferde auf ihrer Jagd über den Parcours für einen Augenblick dahinter außer Sicht geraten. Andrews Schilderungen hatten mich so gefesselt, dass meine Umgebung in diesem Augenblick der Gasthof in Schottland war, nicht der Salon meines Clubs.

„Die Tür war einen Spalt geöffnet. Ich sah, dass die Kleider meiner Frau fehlten. Mein Gefühl sagte mir, dass sie noch nicht lange fort sein konnte. Ich warf mir Hemd und Hose über und schlich mich hinunter. Das Haus war still und finster. Die Wirtsstube war dunkel bis auf einen Streifen fahler Helligkeit, der durch die geöffnete Tür hereinfiel. Einen Moment lang glaubte ich, Opfer einer Einbildung zu sein, doch dann sah ich die Verriegelungskette am Türrahmen sich sachte bewegen. Meine Frau musste das Gasthaus erst Augenblicke zuvor verlassen haben. Gott allein wusste, wohin sie gegangen war, aber ich musste sie um alles in der Welt finden. Ich überquerte die Straße und hielt nach ihr Ausschau.

Es dämmerte, über dem Talschluss graute der Himmel. Ich lief in die eine Richtung, dann in die andere. So sehr meine Augen im Grau suchten, ich konnte meine Frau nicht entdecken. Ich war nahe daran, die Fassung zu verlieren, der Druck der Verzweiflung stieg in meiner Kehle empor. Da entdeckte ich über den Dächern der Häuser einen schwachen Lichtfleck. Nur für einen Augenblick lang hielt ich es für den lautlosen Flug eines Vogels, dann sah ich, dass es meine Frau war. Sie kletterte auf demselben Weg hinauf, den ich am Abend zuvor genommen hatte. Ich rannte zwischen den Häusern hindurch und folgte ihr den Pfad hinauf so schnell, wie es die Lichtverhältnisse und der Zustand des Weges zuließen. Zuerst konnte ich meine Frau wegen der Steigung und der schnell aufeinanderfolgenden Biegungen nicht sehen. Nach etwa einer halben Meile erreichte ich das Gelände unterhalb der Hügelkuppe. Aber meine Frau war nicht zu sehen, sie musste die Kuppe des Hügels schon hinter sich gelassen haben. Ich war aufgeregt und außer Atem. Ich wunderte mich nicht einmal über ihre Ausdauer. Wenig später überquerte ich den Rücken der Kuppe. In der zunehmenden Helligkeit sah ich zuerst die Umrisse der kleinen Kirche und die dunklen Schemen der Katen. In dem

Nebel, der den Boden der Senke erfüllte, verschwanden die Fundamente, so dass die grauen Mauern der Gebäude aus dem Nichts zu wachsen schienen. Dann entdeckte ich meine Frau.

Sie war gerade dreihundert oder vierhundert Yards unter mir. Ihr Schritt war nicht unbedingt schnell, aber stetig, und sie schien nicht sehr auf ihre Umgebung zu achten. Ich sah sie mit dem Fuß gegen einen Steinbrocken stoßen und fast stolpern, aber das schien sie nicht zu kümmern. Sie fasste sich und strebte weiter in Richtung der Häuser. Rückblickend glaube ich, es hätte einer groben Naturgewalt bedurft, um der Zielstrebigkeit, die aus ihrer vornüber gebeugten Haltung sprach, Einhalt zu gebieten."

Etwas Verhaltenes lag in dem leichten Heben und Senken von Andrews Schultern.

„Und trotzdem weiß ich, dass ich sie in diesem Moment noch hätte aufhalten können. Ich hätte sie in die Wirklichkeit zurückreißen können, und ich glaube, es wäre nicht schwieriger gewesen als am Tag zuvor auf der Burgruine. - Doch ich tat es nicht. Ich weiß heute noch nicht, warum ich es unterließ. Vielleicht, weil ich nicht wieder in ihr von Panik entstelltes Gesicht blicken wollte, in Augen, die unter dem Einfluss von etwas Unbekanntem alles Vertraute verloren hatten. Und ihre Schreie..." Andrew ließ den Satz unvollendet. „Oder ließ ich es, weil meine Neugier stärker war und wissen wollte, was geschehen würde."

Andrew machte wieder eine Pause. Dann strich er sich mit zwei Fingern über den Schnurrbart, den Kopf leicht in den Nacken gelegt.

„Ich folgte ihr in einiger Entfernung, was sich als nicht sonderlich schwierig herausstellte, denn sie blickte sich nicht ein einziges Mal um. Zeitweise hatte ich den schrecklichen Gedanken, dass sie es gar nicht gekümmert hätte, wenn sie mich bei einem Blick zurück entdeckt hätte. Möglicherweise befand sie sich wieder in dem Zustand, in dem nicht wusste, wer ich war. Natürlich zerbrach ich mir die ganze Zeit den Kopf über ihr Ziel. Vor uns wuchsen die Umrisse des Dorfes. Ohne zu zögern, ging meine Frau zwischen den Häusern hindurch und steuerte direkt auf die Kirche zu. Sollte sie das Ziel sein? Als wir dann aber den Kirchplatz betraten, schlug sie ohne einen einzigen Blick auf die Kirche den Weg ein, der an dieser vorbeiführte. Ich war jetzt näher hinter ihr, weil ich sie in den Gassen nicht verlieren wollte. Zu meiner Linken war das graue Mauerwerk des Kirchenseitenschiffs, auf der anderen Seite eng beisammen stehende Häuser. Trotz des Halblichts, das in dem Nebel zwischen den Gemäuern herrschte, verlangsamte sie ihren Schritt nicht. Als ob sie genau wusste, wohin sie wollte.

Als mir dieser Gedanke kam, wusste ich auf einmal, was mich an ihrer Haltung im Geheimen schon die ganze Zeit beunruhigt hatte. Sie hielt ihren Kopf nicht aufrecht, wie man es von jemandem erwartet, der ein festes Ziel verfolgt, sondern etwas zur Seite gewendet und geneigt. Als ob sie einer Stimme zu lauschen versuchte. Da war ich sicher, dass sie mich nicht einmal bemerkt hätte, wenn ich mich ihr in den Weg gestellt hätte. Und zum ersten Mal verspürte ich nicht mehr nur Unruhe, sondern Angst, Angst vor einer Bedrohung. Was konnte so fest Besitz von einem Menschen ergreifen? In meinem Kopf drehte sich ein Strudel schlimmster Vorstellungen.

Da sah ich sie stehen bleiben. Wir waren hinter der Kirche. Vor uns verlief eine niedrige Mauer mit aufgesetzten Gitterstäben. Es war die Friedhofsmauer, denn dahinter erkannte ich im fahlen Licht Konturen von Grabsteinen. Die Hände an den Gitterstäben, stand meine Frau bewegungslos an der Mauer, ihr ganzer Körper zitterte. Unverwandt starrte sie zu den Grabmälern. Ein irrer Gedanke von mir war, ihr sei die Richtung eingegeben worden, die sie einzuschlagen hatte, aber nicht der unmittelbare Weg. Es war gespenstisch. Nach einigen Sekunden wandte sie den Kopf und ihre Hände lösten sich von dem Gitter. Wie gegen einen Widerstand setzte sie sich in Bewegung und folgte nach links der Friedhofsmauer. Immer wieder hielt sie inne, legte ihre Hände um die Stäbe des Zaunes und starrte in das Zwielicht. Am Friedhofstor dann war es wie ein Aufatmen, das durch ihren Körper ging. Schnellen Schrittes - wie mit neuen Kräften - schritt sie den Weg zwischen den Gräbern entlang in die Richtung, in die sie die ganze Zeit gestarrt hatte.

Ich hatte inzwischen jede Vorsicht aufgegeben. Ich achtete weder auf das Geräusch meiner Atemzüge, die nach dem angestrengten Laufen schnell gingen, noch auf das Geräusch meiner Schritte, deren Tritt auf dem groben Kiesboden in meinen Ohren unerträglich laut klangen. Ich folgte meiner Frau auf ihrem scheinbar ziellosen Gang über den Friedhof. Der Friedhof war nicht groß, und wir hatten ihn schon fast ganz durchquert. Was suchte meine Frau? In der Nähe der gegenüberliegenden Friedhofsmauer blieb sie plötzlich stehen und betrat einen schmalen Seitengang, der parallel zur Mauer verlief. Die Helligkeit des aufziehenden Morgens ließ mich sie jetzt deutlich sehen und wie sie mit suchendem Blick zwar, aber auch mit dem langsamer werdenden Schritt eines Menschen um sich sah, der wusste, er war am Ziel angelangt. Dann blieb sie stehen.

Ich ging bis auf gleiche Höhe des Parallelgangs und trat zwischen zwei Grüften, um das Grab zu sehen, vor dem sie stehen geblieben war. Es war nur ein Stück Boden zwischen zwei anderen Grabstellen, bedeckt von wild wucherndem Gestrüpp. Es war dort weder Grabstein noch Kreuz oder Anderes, was über die Identität des dort Begrabenen Aufschluss gegeben hätte. Nur die Einfassung aus Bruchstein wies darauf hin, dass es sich überhaupt um ein Grab handelte. Ratloser denn je beobachtete ich, wie sich meine Frau langsam kniete und die flachen Hände auf die zugewucherte Oberfläche des Grabes legte. Sie hatte den Kopf weit in den Nacken gelegt. So verharrte sie für Sekunden.

Die Szenerie war irreal. In dem grauen Licht der Dämmerung, das keine Farben hatte und alles wie Bilder auf grobkörnigem Zelluloid aussehen ließ, wirkte es wie eine antike Grabesszene in einem übersteigerten Schauspiel. Eine verzweifelte Frau, die am Grab ihres Geliebten mit den Göttern hadernde Zwiesprache hielt. Damals war ich nicht in der Lage, das Grauen zu empfinden, das mich heute bei dem Gedanken an diese Szene überfällt. Heute, da ich weiß, was dort geschah, stünde ich nicht mehr untätig dabei. Doch so wartete ich.

Schließlich richtete meine Frau sich auf und ging zum Hauptweg zurück. Die Haltung ihres Körpers war jetzt entspannt, die Schultern gesenkt und zurückgezogen. Alles war gänzlich anders als noch wenige Minuten zuvor. Ihr Gang war jetzt - überlegen, fast herausfordernd. Sie bog in einen anderen, breiten Weg ein, der vor einem großen, von einer mächtigen Grabplatte bedeckten Grab endete. Am Kopf der Gruft erhob sich ein mannshohes Granitkreuz, vor dem meine Frau ganz klein wirkte. Wieder stand sie nur dort und sah auf das Grab.

Ich war unschlüssig. Ich war meiner Frau gefolgt, um Dinge zu beobachten, die mir unbegreiflich waren. Wohin führte das alles? Es drängte mich mehr und mehr, zu ihr zu treten und dem

Spuk ein Ende zu bereiten. Mein Entschluss war schließlich fast gefasst, da kam Bewegung in den Körper meiner Frau.

Ohne ein Zeichen der Ankündigung, heftig, abrupt, spuckte sie vor dem Grab aus und wandte sich ab."

VII.

Die Stille im Salon war vollkommen und trotzdem damit nicht ausreichend charakterisiert. Die Stille war nichts Abstraktes mehr, sondern hatte an Dichte gewonnen und hätte meinem Arm durchaus Widerstand entgegengesetzt bei dem Versuch, ihn von der Armlehne zu heben. Nach den letzten Worten lag eine Reglosigkeit auf uns, die nicht gebrochen worden wäre, wenn nicht die Standuhr zu schlagen begonnen hätte. Die vier hellen Schläge der vollen Stunde ließen die Spannung zerspringen wie Kiesel dünnes Eis, die dumpfen Schläge der Mitternachtsstunde nahmen die Starre von uns gleich dem Herauszählen aus einer Trance.

Ich hatte nicht bemerkt, dass wir die letzten Gäste waren. Die Tische um uns herum waren leer. In der Luft schwebte ein dünner Nebel aus Tabakrauch, der langsam kalt und schal wurde. Ich hob und senkte vorsichtig meine Schultern, um die Steife zu vertreiben. Dabei fing ich ein Blinzeln von Morton auf, in seinem Blick der gleiche Ausdruck von Erwachen.

Unser Gegenüber schien sich des Banns, in den er uns gezogen hatte, gar nicht bewusst. Er verharrte in der Haltung seiner letzten Worte, und ich war sicher, dass seine Augen noch immer seine Frau auf dem Friedhof vor sich sahen. Der Schmerz in seinen Augen war erschreckend anzusehen. Von der Überlegenheit, ja sogar Verachtung, die sein Verhalten geprägt hatten, war nichts geblieben. Was ich als Ausdruck seines Wesens gesehen hatte, war Maske gewesen, hinter der nun der wahre Mensch zum Vorschein kam, ein verletzter, verunsicherter Mann. Andrew litt.

„Sah Ihre Frau Sie, als sie sich umdrehte?"

Mortons Stimme war unwillkürlich gedämpft.

Mit einem Zittern der Augenlider sah Andrew zu Morton. Für einen Moment schien es, als müsse er sich seiner Gäste erinnern. Dann schüttelte er den Kopf.

„Nein, sie hat mich nicht gesehen. Ich befand mich nur einige Yards von ihr entfernt, aber sie hat mich nicht gesehen. Ich rede mir ein, dass eins der Grabkreuze mich verdeckte, aber ich denke, sie hätte mich nicht einmal gesehen, wenn ich vor ihr auf die Knie gefallen wäre. Es machte dann auch keinen Unterschied, denn in jenem Moment habe ich nichts mehr von ihr gewollt."

Er legte seine kalte Pfeife auf den Tisch und hakte seine Hände ineinander. Es war das zweite Mal an diesem Abend, dass das Feuer seiner Pfeife erloschen war.

„Ich weiß nicht, ob ich Ihnen deutlich machen kann, wie schrecklich diese Szene für mich war. In jenem Moment stand ich nur da, und alles, was ich empfinden konnte, war Unfassbarkeit angesichts der Schändlichkeit dessen, was sich vor meinen Augen abgespielt hätte. Ich hatte gehofft, alle vorangegangenen Ereignisse seien nur eine Überreaktion meiner Frau auf den Wechsel der Umgebung gewesen. Wenn man über Jahre in London gelebt hat, dann bedeutet der Wechsel in die Weite und Stille Schottlands eine große Umstellung. Wie erholsam die Ruhe auch sein mag, für den, der sie nicht gewohnt ist, stellt sie eine Bedrohung dar, denn man wird zur leichten Beute für lauernde Dämonen. Die Szene auf dem Friedhof machte mir die Illusion deutlich, die ich mir gemacht hatte. Das, was von meiner Frau Besitz ergriffen hatte, handelte in unserer wirklichen Welt, aber es stammte nicht von ihr.

Als sie sich vom Grab abwandte, sah ich direkt in das Gesicht meiner Frau. Ich kann nicht sagen, welche Regung der anderen überlegen war, die gemeine Rachlust in ihren Augen oder ihre von Boshaftigkeit entstellten Lippen. Es war nur ein kurzer Moment, aber es war mehr, als ich ertragen konnte. Der Glaube und das Vertrauen, die man in einen Menschen setzt, dessen loyalen Charakters man sich sicher glaubt, auf den man sich verlassen kann, komme was da wolle, das alles drohte von einer Sekunde zur anderen zu zerbrechen. Das war nicht meine Frau, aber war sie es doch..."

Andrews letzte Worte konnte ich nur mit Mühe verstehen. Er hatte den Kopf abgewendet und sprach fast zu sich selbst. Er hatte uns eine Geschichte erzählen wollen, so wie Atkinson uns eine Geschichte erzählt hatte. Doch ich fragte mich, ob ihm klar war, dass er uns zu Mitwissern seiner innersten Gefühle gemacht hatte. Ich hoffte, dass wir uns in seinen Augen auch im Licht des folgenden Tages noch dieses Vertrauens würdig erweisen würden.

„Ich ließ eine Viertelstunde verstreichen, dann machte ich mich auf den Rückweg", fuhr er fort. „Ich hatte keine Eile. Ich hatte das sichere Gefühl, dass meine Frau im Bett liegen und schlafen würde, wenn ich zurückkehrte. Und genauso war es, als ich eine knappe Stunde später das Zimmer betrat. Ich legte mich nicht hin. Ich musste nachdenken. Also setzte ich mich ans Fenster und wartete. Von meinem Platz aus überblickte ich die halbe Ausstreckung des Lochs. Seine Oberfläche war ohne Wellen und spiegelte das weiche Licht der aufgehenden Sonne.

Ich beobachtete, wie die letzten Nebel der Dämmerung einen verlorenen Kampf fochten. Ich habe selten etwas Schöneres gesehen. Aber es war mir alles gleich. Die Goldschätze der Pharaonen hätten mir erscheinen können, ich hätte keinen Sinn für ihre Schönheit aufgebracht. In meinem Kopf war ein einziges Durcheinander. Meine Gedanken kreisten, verwoben sich ohne Muster und lösten sich ebenso schnell. Aber alles blieb ohne Sinn. Beinahe wäre mir dabei entgangen, wie meine Frau sich im Schlaf bewegte. Ich kniete mich neben sie.

Ihr Atem ging gleichmäßig, sie erwachte nicht. Ich strich eine Haarsträhne aus ihren Augen und wollte wieder zurück an meinen Platz. Da sprach sie leise zwei Worte, so leise, dass ich sie nur hatte verstehen können, weil ich mich über sie gebeugt hatte. Sie sagte:

‚Warum, Frenzy?'.

Ich wartete, ob sie weitersprechen würde, aber diese Worte blieben die einzigen.

‚Warum, Frenzy?'."

VIII.

„Frenzy'. Ich kannte niemanden mit dem Namen Frenzy. Der Name sagte mir nichts. Ich ging zurück zu meinem Platz am Fenster und überlegte, wo sie den Namen aufgefangen haben konnte. Niemand aus unserem Bekanntenkreis trug einen solchen Namen. Niemand, mit dem wir irgendwie zu tun hatten, hieß so oder wurde so gerufen. Der Name, mit dem ich nichts anfangen konnte, war Reisig auf dem Feuer meiner Besorgnis. In diesem Augenblick wusste ich noch nicht, dass diese beiden Worte der Schlüssel waren.

Als meine Frau endlich erwachte, hatte das ergebnislose Grübeln jede Zurückhaltung von mir fallen lassen. Wie ich erwartet hatte, deutete nichts in ihrem Verhalten auf eine Erinnerung an den nächtlichen Vorfall hin. Ich ließ mir ebenfalls nichts anmerken. Sie bemerkte lediglich, dass sie sich wie zerschlagen fühle, was meinem Plan nur zugutekam. Nach dem Frühstück überredete ich sie, eine halbe Schlaftablette zu nehmen und sich wieder hinzulegen. In dem Glas Wasser, das ich ihr gab, hatte ich nicht eine halbe, sondern zwei ganze Tabletten aufgelöst. Ich wollte sichergehen, dass sie entwaffnet war, unangreifbar, falls in meiner Abwesenheit wieder etwas von ihr Besitz ergreifen wollte. Ich wartete, bis sie eingeschlafen war, dann packte ich alle unsere Sachen zusammen. Die Koffer waren fertig gepackt, nur noch die Kleider meiner Frau hingen über dem Stuhl, als ich wenige Minuten später die Tür hinter mir schloss."

Andrew sprach jetzt lauter und nicht mehr zu sich selbst.

„Ich lief. Teile des Weges, auf denen ich mich unbeobachtet glaubte, rannte ich sogar. Ich war außer Atem, als ich den Friedhof hinter der Kirche erreichte. Im hellen Tageslicht hatte er nichts des Ungewissen und Bedrohlichen, das er in der Dämmerung ausgestrahlt hatte. In der Tat war er nichts weiter als ein kleiner, schlichter und in weiten Teilen vernachlässigter Dorffriedhof. Aus den steinernen Grabkreuzen, die im Zwielicht wie stumme Vermittler zwischen den Dimensionen gewirkt hatten, machte das Licht der Sonne graue, mitleiderregend verwitterte Steinbrocken mit flechtenbewachsenen Seiten. Ich überquerte den Friedhof auf der Suche nach dem Grab, das meine Frau zuerst aufgesucht hatte und vor dem sie niedergekniet war. Ich fand es ohne Mühe. Es war das vorletzte in der Reihe, und auch im Tageslicht konnte ich keinen Hinweis auf die Identität des Begrabenen finden. Wenn da nicht das bescheidene, schmiedeeiserne Kreuz gewesen wäre, das über dem Kopfende der Grabstätte an der Friedhofsmauer befestigt war, ich hätte bezweifelt, dass überhaupt ein Toter in dieser Erde lag. Schnittstellen an den Efeuranken dort, wo sie über den Rand des Bruchsteins hinausragten, zeigten, dass dieses Grab nicht vergessen war.

Ich verließ dieses Grab und hielt Ausschau nach dem anderen. Ich wusste nicht mehr genau, welches es gewesen war, doch ich erinnerte mich, dass es im ersten Quergang gelegen hatte. Als ich den Weg betrat, erkannte ich es auf den ersten Blick an der mächtigen, dreigeteilten Grabplatte wieder. Wie ich vermutet hatte, war es kein Einzelgrab, sondern eine Familiengruft. Auf dem gewaltigen Steinsockel am Kopf des Grabes stand ein noch imposanteres Steinkreuz. In dieses eingemeißelt fand ich eine Reihe von Namen, die fast ausnahmslos den Nachnamen Brennan trugen. In der Hoffnung, sie könnten mir bei der Lösung des Rätsels helfen, las ich die Namen vom ersten bis zum letzten. Sie halfen mir nicht, und bis auf einen habe ich sie vergessen. Ich entnahm den Angaben aber, dass die Familie Brennan seit Generationen in der Gegend ansässig gewesen war, bevor der letzte von ihnen, ein gewisser Angus Brennan, mehr als zwei Jahrzehnte zuvor begraben worden war. Trotzdem - mehr noch als zuvor war die Angelegenheit ein Rätsel für mich. Meine Frau und ich würden keine weitere Nacht in diesem Ort verbringen. Meine Absicht war gewesen, nach dem Besuch des Friedhofs in das Wirtshaus zurückzukehren, meine Frau, wie schläfrig sie auch sein mochte, in den Wagen zu packen und bis zum Einbruch der Dunkelheit so viele Meilen wie möglich zwischen uns und das

Dorf zu bringen. Der Besuch auf dem Friedhof hatte mir jedoch nicht den erhofften Aufschluss gebracht, deshalb zögerte ich noch, mich auf den Rückweg zu machen. Es war noch früh, die Sonne hatte ihren höchsten Stand noch nicht erreicht.

Kurzentschlossen verließ ich den Friedhof und suchte das Pfarrhaus. Wenn es für mich als Fremden einen Ort gab, an dem ich Dinge über die Gräber erfahren konnte, dann war es der Pfarrer. Diesen zu finden bereitete keine Schwierigkeiten, denn wie alle Pfarrhäuser erkannte ich es an seiner Lage bei der Kirche. Ein alter Einheimischer bestätigte meine Vermutung in gebrochenem Englisch. In den abgelegenen Gebieten Schottlands sprechen viele Menschen Gälisch, vor allem die älteren, und nur zum Teil Englisch. Ich hoffte, dass ich bei dem Pfarrer nicht die gleiche Konstellation antreffen würde. Meine Befürchtungen verflüchtigten sich bald.

Kurz, nachdem ich den Türklopfer betätigt hatte, öffnete mir einen alte Frau, die mich musterte und auf Englisch fragte, was ich wünschte. Ich erklärte, dass ich das Land bereise und auch, dass ich den Friedhof angeschaut und aus Interesse einige Dinge in Erfahrung gebracht hätte. Sie führte mich herein und bat mich zu warten. Sie wollte sehen, ob der Pfarrer einige Minuten Zeit erübrigen könnte. Mir fiel auf, dass sie älter sein musste, als ich zunächst angenommen hatte. Nicht lange darauf erschien sie wieder. Ich sei zu einem günstigen Zeitpunkt gekommen, sagte sie, der Pfarrer würde sich freuen, mir als möglich Auskunft zu geben.

Der Raum, in den ich ihr folgte, war groß, dunkel und nur spärlich möbliert. Der polierte Holzfußboden war nackt, nirgends Teppiche. Vor den hohen Fenstern hingen halb zugezogene Vorhänge aus ausgeblichenem braunem Samt, deren Stoff so steif war, dass die Borden unbewegt auf der Fensterbank standen. Die schwarze Kleidung des Pfarrers passte sich dem Raum an wie die Haut eines Chamäleons. Ich bemerkte ihn erst, als er hinter seinem Schreibtisch hervortrat und mich begrüßte. Seine Gesichtsfarbe war sehr hell wie die aller Schotten und das Gesicht lang und schmal. Er bot mir einen bequemen Sessel an, nahm aber selbst auf einem ungepolsterten Stuhl mit hoher Lehne Platz. Auf seine Frage, wie er mir helfen könne, kam ich nicht sofort auf die beiden Gräber zu sprechen, sondern zeigte mich interessiert an der Geschichte des Dorfes und der Burgruine. Er bestätigte meine Vermutung, die Burg müsse in früheren Zeiten eine strategische Bedeutung besessen haben. Dieses Tal bilde auf einer Strecke von mehr als vierzig Meilen den einzigen natürlichen Passweg, der es erlaube, die Bergkette auch im Winter zu überschreiten. Inzwischen sei das natürlich nicht mehr von Bedeutung, und die Burg an dem Berghang, die über Generationen der Verteidigung dieser Vormachtstellung gedient habe, liege schon seit langem in Trümmern und würde wohl nur noch von Schafen und Verliebten aufgesucht. Er flocht in seine Erzählung Dinge aus der Geschichte des Ortes und des Landes ein und erklärte, wie diese sich gegenseitig beeinflusst hätten.

Ich lenkte die Unterhaltung schließlich auf die Kirche und den Friedhof. Der Pfarrer zeigte sich nicht verwundert, dass mir das Grab der Brennans ins Auge gefallen war. Es war das bei weitem prächtigste der Gemeinde, jedenfalls vergleichsweise. Seine Stimme hatte bei der Erwähnung des Namens Brennan den gleichen endgültigen Klang wie bei der Erwähnung der Burgruine. Ich fragte, ob die Brennans Großgrundbesitzer seien, worauf er den Kopf schüttelte. Die Brennans gebe es nicht mehr, der letzte männliche Nachkomme sei schon vor langer Zeit gestorben, lange bevor er als Pfarrer in den Ort gekommen sei. Nach einem Zögern setzte er hinzu, dass die Gepflogenheiten ihres Standes nicht ganz unschuldig am Verschwinden der Familie gewesen seien. Wie in mancher reichen Sippe in damaligen Tagen, sei es auch bei den Brennans üblich gewesen, innerhalb der weiteren Verwandtschaft zu heiraten. Dadurch sei es über die Generationen zu einer Minderung der körperlichen und geistigen Kräfte einiger Familienmitglieder gekommen. Die Clearances, deren Entvölkerungspolitik den Abstieg eines großen Teils des schottischen Landadels nach sich gezogen hatte, hätten ihr übriges dazu getan.

Da mir schien, dass dieser Teil der schottischen Geschichte keine angenehmen Erinnerungen barg, wechselte ich das Thema und fragte nach dem namenlosen Grab an der Friedhofsmauer. Auf meine Frage hob der Pfarrer nur die Schultern. Dazu könne er mir nicht mehr sagen als das, was man ihm erzählt habe. Eines Tages, lange bevor er hierhergekommen war und zu der Zeit, als es noch die Brennans gegeben habe, hatten Dorfbewohner am Fuße des Südturms der Burgruine die zerschmetterte Leiche einer jungen Frau gefunden. Niemand wusste, wer sie war, woher sie gekommen war oder was sie dort gewollt haben mochte. Sie war eine Unbekannte gewesen und als solche beerdigt worden. Auch Nachforschungen, die in den folgenden Monaten angestellt worden waren, hatten zu keinem Ergebnis geführt. Schließlich sei der Fall in Vergessenheit geraten. Wenn ich an mehr Einzelheiten interessiert sei, sollte ich mich an seine Haushälterin wenden. Sie sei Einheimische und könne mir sicher mehr dazu erzählen. Mit einem Blick zur Uhr stand er auf und entschuldigte sich, seine Zeit sei bemessen und seine Aufgaben riefen nach ihm. Ich bedankte mich bei ihm und versicherte ihm, dass es mir eine Freude gewesen sei, mit ihm zu sprechen."

Ein Hausdiener hatte begonnen, die Aschenbecher einzusammeln. Merkwürdigerweise konnte ich ihn nicht scharf sehen. Mir brannten die Augen, aber ich wusste nicht, ob es die späte Stunde oder

der Tabakrauch war, der die Nässe in meine Augen trieb. Ich blinzelte die Tränen fort und richtete meinen Blick wieder auf Andrew.

„Ich sah nach diesem Gespräch nicht mehr, was ich noch hätte unternehmen können. Es war auf dem Südturm der Ruine gewesen, wo der erste Vorfall stattgefunden hatte, aber alles ging zurück auf Dinge, die so lange vergangen waren, dass sich niemand mehr an sie erinnerte. Als ich den Pfarrer verließ, war ich bereit, die Sache abzuschließen. Ich hätte nicht wieder davon angefangen, wenn", er zögerte, „wenn mich die Hausdame beim Hinausbegleiten nicht gefragt hätte, ob der Pfarrer mir bei meinen Fragen hatte behilflich sein können. Ich wollte nicht einsilbig sein und entgegnete, dass ich seiner Meinung nach über die unbekannte Tote von ihr mehr Informationen erhalten könne. Sie gab mit gerunzelter Stirn zu bedenken, dass das schon viele Jahre her sei, aber dann schilderte sie mir, wie sie den Vorfall in Erinnerung hatte. Es war im Wesentlichen die gleiche Geschichte, die ich schon vom Pfarrer gehört hatte.

Wir standen in der geöffneten Haustür. Es wäre an mir gewesen, mich zu verabschieden. Die alte Frau stand neben mir, ihr Blick wie geistesabwesend, als hielte die Erinnerung sie noch gefangen. Ich zögerte. Etwas hielt mich zurück, sie aus ihren Gedanken zu reißen. Plötzlich hatte ich den Eindruck, als war die Erinnerung für die alte Frau wie eine zeitweilige Flucht aus der Gegenwart. Im Licht des hellen Tages sah ich jetzt, dass ihr Kleid zwar von guter, schwerer Machart, aber abgewetzt und ausgebessert war. Ich erinnerte mich an die Worte des Pfarrers über das harte und ehrliche Leben in diesem Land. Ob es die Einsamkeit der wenigen Häuser war, die sich wie eine Schafherde um die Kirche drängten, oder der Blick auf die Rückseite der Friedhofsmauer, ich weiß es bis heute nicht. Vielleicht war es auch nur das Gefühl, der alten Frau eine Freude zu bereiten, denn einige Worte Konversation schienen ihr eine seltene Abwechslung zu sein. Ich fragte sie nach den Brennans.

Sie bejahte sofort. Sie könne sich noch sehr gut an die Brennans erinnern. In ihrer Kindheit habe sich das ganze Leben im Dorf um die Brennans gedreht. Zwar hätten sie damals schon nicht mehr viel Grundbesitz ihr Eigen genannt - vieles sei nach und nach verkauft worden, um den aufwendigen Lebensstil zu gewährleisten - aber der Glanz habe noch große Kraft besessen. Ihr Landsitz habe in einem Seitental gelegen, das talabwärts abzweigte. Wenn ein Diener oder eine Magd der Brennans ins Dorf herunterkam und bei den Besorgungen die letzten Neuigkeiten erzählte, dann waren sie von den Frauen des Dorfes umdrängt worden. Anschließend hatten die Dorfbewohner in Gruppen beisammen gestanden und die Köpfe zusammengesteckt. Oft habe sie das gesehen, und danach kursierten immer wieder die unglaublichsten Gerüchte über die Brennans, sei es der Luxus, in dem die Frauen der Familie ihre Tage vertan, die Verschwendung beim Essen oder der allgemeine Mangel an Moral.

Angus Brennan, der letzte Sohn, der nun schon zwanzig Jahre tot sei, habe die meiste Zeit seines Lebens im Ausland verbracht. Seine Ausbildung habe er auf einem Internat in Frankreich bekommen. Danach habe er ausländische Universitäten besucht, aber er sei nie lange sesshaft gewesen und erfolglos geblieben. Er war selten auf dem Landsitz seiner Familie gewesen, und wenn er für einige Wochen im Jahr heimgekehrt war, hatte er eine Lebensart mitgebracht, die nicht hierher gepasst habe. Oft seien französische Frauenzimmer in seiner Begleitung gewesen, aber selten sei eine von ihnen ein zweites Mal gekommen. Angus Brennan liebte die Abwechslung, Dinge langweilten ihn schnell. Auch eine junge Italienerin mit ihrer Mutter sei einmal dort gewesen. Daran könne sie sich noch gut erinnern, denn sie habe sie gesehen, als sie bei einer Ausfahrt mit der Kutsche der Brennans durch das Dorf gekommen waren. Nein, wenn Angus Brennan da gewesen war, dann habe der Tratsch überhaupt nicht mehr enden wollen.

Ich vergaß vollkommen die Zeit, während die Frau mir eine Begebenheit nach der anderen aus jener Zeit erzählte. Viele drehten sich um seine zahlreichen Liebschaften und die labile Gesundheit und den Jähzorn des Angus Brennan, der nicht davor zurückschreckte, seine Diener für die geringste

Nachlässigkeit mit Schlägen bestrafen zu lassen. Sie hielt diese leichte Erregbarkeit für einen Tribut an seine adelige Abstammung. Es erschien mir fast, als versuchte sie, ihn in Schutz zu nehmen, weil er Teil der Erinnerung an eine Zeit war, als sie jung gewesen und es im Dorf lebhafter und schöner zugegangen war.

Ich fühlte mein schlechtes Gewissen, als ich die Erinnerungen aus der Frau hervorsprudeln sah, wie sich ihre Augen lebendig bewegten und zuweilen ein Lächeln ihr Gesicht erhellte. Trotzdem drängte es mich, den Strom zu unterbrechen und mich zu verabschieden. Sie bemerkte es nicht. Sie stand in der Tür und ihre Augen sahen an mir vorbei in die Ferne, eine alte Frau in dunklen Kleidern im Eingang eines grauen Pfarrhauses. Wenn ich fort war, würde sie vielleicht noch für einige Zeit dort stehen bleiben und über jene alten Zeiten nachsinnen. Aber dann würden ein plötzlicher Wechsel der Helligkeit durch eine vorüberziehende Wolke oder ein Windstoß sie zurück in die Gegenwart holen, und sie würde die Schultern hochziehen und ins Haus zurückkehren, eine alte, einsame Frau in einem grauen Pfarrhaus.

‚Ja', hörte ich sie sagen, ‚Angus Brennan. Die meiste Zeit verbrachte er im Ausland, besonders in Frankreich. Er hatte eine besondere Liebe für dieses Land, das feine Essen, die kostbare Kleidung, die Frauen. Die Leute sagten, er sei am falschen Ort geboren. Im Grunde seines Herzens sei er gar kein

Schotte, sondern Franzose'. Sie schüttelte langsam den Kopf, als bereite es ihr Schwierigkeiten, zu glauben, dass es Erinnerungen aus ihrem eigenen Leben waren. ‚Alle hielten ihn für einen Franzosen, und sie nannten ihn auch so. Keiner rief ihn bei seinem wahren Namen, nicht einmal die Familie. Alle nannten sie ihn nur Frenzy. Ja, das war sein Name: Frenzy, der Franzose'."

IX.

Das Feuer im Kamin war ausgebrannt. Der Hausdiener hatte kein Holz nachgelegt, ein untrügliches Zeichen, dass es spät war. Nur selten rannten noch flüchtige Feuerzungen über die sterbende Glut. Ein kühler Lufthauch berührte meine Wange. Ich sah wie Morton sich rührte und unter der Tischkante seine Fingerknöchel knetete. Offensichtlich tat er es in Gedanken, denn sein nachdenklicher Blick ruhte auf seinem Gegenüber.

„Sie vermuten einen Zusammenhang zwischen dem Tod der unbekannten Frau und der Person dieses Angus Brennan?"

„Dieser Zusammenhang besteht für mich ohne Zweifel."

Andrew sagte dies mit einer Bedächtigkeit, aus der Überzeugung sprach.

„Ich habe seit damals vieles zu diesem Thema nachgelesen. Gedanken, Gefühle, Worte, alle diese Dinge sind Kraft, sind eine Form von Energie, und Energie vergeht nicht. Woher sonst käme die Atmosphäre von zur Ruhe kommender Hast, von Befreiung von Ängsten und Sorgen, die man in Kirchen und Kathedralen spürt, wo Generationen von Menschen für das Gute gebetet haben? Woher die Kälte und Bedrohung, die einem in fremden Städten von Mauern entgegenfällt, noch bevor man gesagt bekommt, dass sie das Zuchthaus beherbergen. Warum soll nicht ein Mensch, der über eine besondere Sensibilität verfügt, solche Gefühle auffangen können? Ich bin der Überzeugung, dass genau das meiner Frau passiert ist. Nach den Worten des Pfarrers war die Leiche der unbekannten Toten zerschmettert, das bedeutet, sie war aus großer Höhe gefallen. Als meine Frau dort oben auf dem Turm der Burg stand, fanden die Todesängste dieser unbekannten Frau in ihr eine Art Empfänger, sie übermannten sie, füllten sie ganz aus. Das Entsetzen dieser Frau, die begriff, dass Angus Brennan sie vom Turm stürzen wollte, muss eine solche Stärke besessen haben, dass es meine Frau noch Jahrzehnte später in den Bann der vergangenen Realität reißen konnte. Die Todesangst dieser Frau war auf einmal ihre Angst, und in mir sah sie Angus Brennan, der im Begriff war, ihr Mörder zu werden."

„Die Worte, die ihre Frau im Schlaf sprach, waren eine Anklage."

Meine Worte waren eine Feststellung, keine Frage. Ich war Andrews Argumentation gefolgt und dies war meine Schlussfolgerung, aber sie laut auszusprechen, war ein Versehen gewesen. Ich hatte es nicht beabsichtigt, und meine Stimme klang rau und ungelenk in meinen Ohren. Es musste Stunden her sein, dass ich an diesem Abend zuletzt gesprochen hatte.

Andrew nickte.

„Es passt genau zusammen. Den Worten des Pfarrers zufolge besaß Angus Brennan aufgrund der familiären Belastung eine emotionale Schwäche, und die Hausdame erwähnte eine krankhafte Übererregbarkeit. Außerdem nahm er es mit der Moral nicht genau. Die unbekannte Tote war wahrscheinlich eine seiner französischen Bekanntschaften, die er mit nach Schottland gebracht hatte. Vielleicht war sie ihm auch ohne sein Wissen nachgereist. Erinnern Sie sich, dass der Pfarrer die alte Burgruine als geheimen Treffpunkt beschrieb. Es fügt sich alles zusammen. Wahrscheinlich hatte sich Angus Brennan dort mit dieser Frau verabredet, und dann bedurfte es nur einer geringen Meinungsverschiedenheit, um ihn die Kontrolle über sich verlieren zu lassen."

Ich denke, es war die vorgerückte Stunde und unsere Abgeschiedenheit in dem großen Salon, die mich die Szene, die Andrew beschrieb, unwillkürlich mit Leben ausfüllen sah. Vor meinem inneren Auge sah ich, was sich auf dem Turm abgespielt hatte. Angus Brennan stand auf der einen Seite, schmächtig von Statur, bleich, den weibischen Mund verzerrt und mit irrem Blick in den dunklen Augen. Die Frau stand auf der anderen Seite, in die Enge getrieben, die Augen vor Schrecken geweitet, als sie begriff, was mit ihr geschehen sollte.

„Das würde bedeuten, dass die Gefühle dieser Frau", Morton zögerte auf der Suche nach Worten,

„die Dinge, die diese Frau unmittelbar vor ihrem Tode gedacht und gefühlt hat, über Jahrzehnte unverändert an Ort und Stelle verharrten?"

Andrew nickte abermals.

„Gefühle sind keine Dinge, die man fassen kann und die abnutzen. Sie haben kein Gewicht, sie werfen keine Schatten, und sie können auch nicht von Wind und Regen fortgespült werden. Sie verbleiben dort im Raum, wo sie entstehen. Kein Sturm und kein Erdbeben schwächt oder verrückt sie."

Seltsam, obwohl Andrews Vermutungen weit in das Gebiet der Metaphysik reichten, die mich zumeist mit Skepsis erfüllte, glaubte ich in diesem Moment ein tiefreichendes Verständnis zu fühlen. Manchmal, wenn ich von meinem Fenster in den schmutzigen, zum Husten reizenden Londoner Nebel gestarrt hatte, war in meinem Geist das Bild unserer Plantage auf Borneo erstanden. Dann sah ich den dichten Urwald, der bis fast an unser Haus reichte, davor die abfallende Rasenfläche, die breite Veranda mit den Bambusrohrsesseln, die bei jeder Bewegung quietschten, Gubta, unseren Hausboy, der mit einem Tablett in den Händen aus dem Haus trat. Wer wollte mir sagen, dass dieses Bild nur Rauch war? Diese Plantage existierte in meinem Verstand. Wer sollte von mir den Verzicht auf sie fordern, weil diese nicht fassbar war und nur jene auf der anderen Seite der Erdkugel wahrhaftig? Lebte der Mensch nur in der wahrhaftigen Welt? In Gedanken versuchte ich, stillzustehen und

Halt zu finden, denn der Grund, auf den mich diese Gedanken führten, schien nicht ruhig zu stehen. In meiner Verwirrung sah ich, wie Morton mit gerunzelter Stirn den Kopf schüttelte.

„Sie betrachten das Verhalten Ihrer Frau als das ungewollte Auffangen von Gefühlen, die bereits erlebt wurden, von Gedanken, die bereits gedacht wurden. Das Verhalten Ihrer Frau war demnach eine Form von - Reproduktion von Vorhandenem. Wie erklären Sie sich dann aber den Besuch Ihrer Frau auf dem Friedhof in jener Nacht? In diesem Licht erscheint es wie ein Vergeltungsakt. Die Richtigkeit unserer Überlegungen bezüglich des Mordes vorausgesetzt, ist der Besuch auf dem Friedhof ein Geschehen, das in dieser Welt noch nicht zuvor stattgefunden hatte."

Andrew hatte begonnen, seine Pfeife zu säubern und sorgfältig im Pfeifenetui zu verstauen. Er tat es mit der Geschicklichkeit, die jahrelanges Ausüben dergleichen Handgriffe nach sich zieht. Er nickte, und wie er das verschlossene Pfeifenetui zur Seite legte, hatte es etwas Endgültiges. Er sah von Morton zu mir.

„Das ist der Punkt, der mich seitdem keine Ruhe finden lässt. Was immer es war, das meine Frau in jener Nacht zum Friedhof führte und zu dieser abscheulichen Tat zwang, es war nicht aus dieser Welt. Das war keine Reproduktion, wie Sie es treffend nennen, das war eine neue Handlung, angeleitet von einer Kraft in Verbindung mit einem Geschehnis, dessen handelnde Personen seit Jahrzehnten tot sind. Ich weiß nicht, was vor sich ging, als meine Frau vor dem Grab der namenlosen Toten kniete, aber immer, wenn ich darüber nachdenke, machen mir diese Gedanken Angst.

Ich habe seither begonnen, Abstand von jenen Menschen zu halten, die sich ihrer selbst und der Welt, in der sie leben, so sicher sind. Sie leben auf eng umrissenem Terrain ohne Erkenntnis über das Außerhalb. Auch ich habe keine Erkenntnis außer der, dass es Erkenntnis zu machen gibt. Ich habe eine Lehre gezogen. Der Mensch trägt Scheuklappen, hinter denen sich der Horizont fortsetzt. Manche tragen sie selbstverschuldet und vielleicht ist es besser für sie. Manche können sie überwinden. Aber sie müssen wissen, dass jenseits Gleichgewicht und Überlegenheit unserer sichtbaren Welt aufhören, Sicherheit zu geben."

X.

„Woher ich ihn kenne? Kurz nach meiner Ankunft in England wurde ich ihm im Ministerium vorgestellt. Seitdem begegnen wir uns alle paar Monate, doch selten reicht es zu mehr als einigen flüchtigen Worten."

Ich hatte vorgeschlagen, einen Stück des Weges zu Fuß zu gehen, denn ich hatte Bedürfnis nach frischer Luft.

„Zu Beginn erschien er mir eingebildet und überheblich", sagte ich, während ich meinen Kragen aufstellte.

„Diesen Eindruck macht er auf viele Menschen. Dabei sagt er nie etwas Verletzendes. Es ist mehr seine Art, Dinge in Zusammenhang zu bringen, die damit plötzlich etwas Absurdes bekommen." Er atmete durch den Mund aus. Wie eine Wolke blieb sein Atem in der kalten Nacht stehen. „Du musst zugeben, dass seine Beschreibung des Kolonialoffiziers - übrigens ein Zitat aus einem der dicken Wälzer, die auf dem Schreibtisch jedes ordentlichen Beamten stehen - im Zusammenhang mit Bridgeham nicht einer gewissen Lächerlichkeit entbehrt."

„Aber gerade weil Bridgeham ein Saufkopf ist, kann er ihn nicht zum Maßstab machen. In welchen Kolonien war Andrew eigentlich?"

"Er war lange Zeit in Indien. Vor einigen Jahren kam er zurück und hat jetzt gute Chancen, demnächst Unterstaatssekretär im Auswärtigen Amt werden. Dabei ist seine gemäßigte Einstellung einer Reihe seiner Kollegen ein Dorn im Auge."

"Kein Wunder, dass er sich mit seinen Ansichten keine Freunde macht."

"Den Salzmarsch hat er vorhergesagt, als ihn noch alle dafür belächelt haben. Ein Bekannter meinte, dass einige Kolonien bereits die bedingte Unabhängigkeit bekommen hätten, wenn es nach Andrew ginge.

"Das klingt, als würdest du ihm Recht geben."

"Recht geben und zustimmen ist etwas anderes. Tatsache ist, dass über kurz oder lang Veränderungen stattfinden werden. Schau in die Kolonien, schau auf den Kontinent - überall gärt es. Andrew hat recht, die Regierung hat recht, alle haben recht, aber jeder nur ein bisschen. Weitsicht bedeutet, Entscheidungen selbst zu treffen, die sonst das Schicksal für einen trifft. Vielleicht werden wir einmal mit dergleichen Ernsthaftigkeit froh sein, keine Kolonien mehr zu besitzen, mit der wir uns bemüht haben, sie zu erwerben und uns noch immer bemühen, sie zu halten."

Wir gingen eine Weile schweigend nebeneinander. In den leeren Straßen klangen unsere Schritte noch einsamer. Es war weit nach Mitternacht.

"Ich hatte nicht den Eindruck, dass er ein Phantast ist", sagte ich, "er schien mir mit beiden Beinen fest auf dem Boden zu stehen. Ich frage mich, was ich von seiner Geschichte halten soll. Die Atmosphäre in dem Salon, der Tabakrauch, das Feuer..."

Ich hielt ein. Ich wollte nicht, dass Morton mich für verrückt hielt, und formulierte es anders.

„Ich war bereit, ihm zu glauben. Aber hier und jetzt in der kalten Luft erscheint mir alles – unwirklich. Als waren die letzten Stunden ein Traum."

Morton war unter einer Laterne stehen geblieben und warf einen Blick auf seine Uhr. Dann sah er einer einsamen Männergestalt nach, die auf der anderen Gehsteigseite in die entgegengesetzte Richtung verschwand.

„Ich überlege die ganze Zeit, welchen Grund man mir im Ministerium für meinen Rückruf nennen wird. Vielleicht hatte Andrew gar nicht so unrecht, und man schickt mich wirklich zu einer Horde meuternder Eingeborener auf einem Eiland irgendwo auf der anderen Seite der Erdkugel, dessen einzige Bedeutung seine strategische Lage ist."

Er blies wieder eine Atemwolke in die Luft, und sie verging nur langsam in der feuchten Kälte.

„Was Andrews Geschichte betrifft, so stimmt sicher jedes einzelne Wort von ihr. In dieser Beziehung ist er als überaus rechtschaffen bekannt. Was er sagt, hat Hand und Fuß, und er neigt eher zur Untertreibung als zum Gegenteil. Er ist weit davon entfernt, hysterisch zu sein. Ich habe seine Frau einmal bei einem Empfang gesehen, sie ist klein und zart und hat Gesichtszüge so fein wie eine venezianische Porzellanlarve. Es wundert mich nicht, dass ihr der Winter in London nicht bekommt. Wenn ihr Nervenkostüm ebenso zerbrechlich ist, wie ihr Äußeres wirkt, dann halte ich es nicht für unmöglich, dass sie Dinge spürt, die anderen Menschen verborgen bleiben", jetzt grinste er, „Menschen wie Bridgeham zum Beispiel."

Morton gab mir einen freundschaftlichen Schlag auf die Schulter.

„Andrew hat Recht, die Menschen tragen Scheuklappen. Doch einige Menschen wissen es, und einige wissen es nicht. Das Bewusstsein, zu letzteren zu gehören, ist auch schon etwas wert. Und nun lass uns weitergehen, sonst stehen wir hier noch den Rest der Nacht."

Mortons Worte waren nur die halbe Wahrheit. Es war mehr an Andrews Geschichte, als sich mir hier und jetzt in der kalten Nacht erschloss. Für kurze Zeit hatte ich an diesem Abend das Gefühl gehabt, ein Grenzgänger zu sein, der unbekanntes Territorium betrat, die vertrauten Gefilde im Rücken. Doch ich spürte auch, wie die Erinnerung an dieses Gefühl bereits hier auf der Straße zu verblassen begann. Irgendwann, dachte ich, würde mir die Erinnerung an diese Nacht Erkenntnis bringen. Ich fror. Irgendwann - jedenfalls nicht in dieser feuchten Februarnacht.

Morton nickte mir zu und machte Anstalten zu gehen. Ich vergrub die Hände in meinen Taschen, und wir setzten uns in Bewegung, auch in Gedanken, und bald hatten wir die Grenze wieder hinter uns gelassen.

Die Fotografie

I.

Jemand sagte einmal, über die Liebe sei alles geschrieben, was es über sie zu sagen gebe. Alles Weitere sei nur eine mehr oder weniger fade Aufbereitung des bereits Gesagten, entweder kopflastig vor literarischem Anspruch oder schwülstig und wertlos. Mit dem richtigen Bild meiner Erinnerung in Verbindung gebracht, stammten die Worte von einem großen, schlaksigen Amerikaner mit hängenden Schultern und Dackelaugen, den ich auf einer Cocktailparty kennen lernte. Bei seinem Exkurs über die Liebe starrte er traurig in sein Glas mit dem billigen, aber für diesen Anlass hinreichend perlenden Inhalt.

„Es gleicht dem Verbrennen von Holz. Egal ob Eiche, Buche, Teak - zurück bleibt nichts als Asche." Er war offenbar im Holzgeschäft, denn er sah wie ein Kaufmann aus, und amerikanische Kaufleute machten entweder in Holz oder in Öl. Für Öl war er zu jung. „Wie die Liebe auch daherkommt, beschrieben von einem alten Griechen oder von Shakespeare, sie bleibt immer die gleiche."

Ich vermutete, ich war zu der Party eingeladen worden, weil mein Name seit kurzer Zeit auf Buchrücken in den Regalen der angeseheneren Buchhandlungen Londons zu lesen war. Die Gastgeberin war die Frau eines hohen Beamten. Ich hatte sie nie persönlich kennen gelernt. Ich wusste nur, dass sie als Mäzen bekannt war. Ich war sicher, dass sie meine Bücher nicht gelesen hatte.

Mein Gegenüber hatte sein Glas über den Kopf erhoben und studierte dessen Fuß. Zum Glück lehnten wir an der Wand, sonst hätte ich mich um sein Gleichgewicht gesorgt.

„Nichts Besonderes", sagte ich.

Er schielte zu mir, ohne das Glas herunterzunehmen.

„Oh doch, die Liebe ist etwas Besonderes. Sie..."
„Das Glas, meine ich."

Ich deutete auf seine erhobene Hand.

Mit einer unsicheren Bewegung stellte er das Glas in ein Regal. Er hatte mich nicht verstanden, denn er begann von neuem.

„Die Liebe, sie bewegt uns wie der Wind die Segel."

Ich kannte nicht einen einzigen der Menschen, die sich wie im Gezeitenwandel an uns vorüberbewegten. Ich hatte einige Namen aufgeschnappt, die ich bisher nur aus den Gesellschaftsnachrichten kannte, und schloss daraus, dass ich mich in der

Mitte eines bedeutenden Kreises befand. Jedenfalls war ich sicher, dass die Umstehenden sich als solchen bezeichnet hätten. Ich hatte einige Unterhaltungen mitgehört. Hier wurden Maler in der Luft zerrissen, weil man auf ihren Bildern etwas erkennen konnte, und Autoren wurden niedergemacht, weil sie die Frechheit besaßen noch zu leben. Ein Buch im Staub zu zertreten galt als einziger Beweis, es verstanden zu haben. Es war alles sehr neu für mich. Auch der Amerikaner schien eher fremd zu sein - weiß der Himmel, wie er an eine Einladung gekommen war - denn wir lehnten schon eine Weile dort und niemand hatte ihn angesprochen.

„Ich liebe die Liebe", murmelte er gerade und lehnte auch seinen Kopf an die Wand. Seine Stimme hätte einer Honigbiene gehören können, die trunken aus einem Blütenkelch hervor taumelte und ihr Glück nicht fassen konnte.

Ich nahm ein Tablett mit Petit fours entgegen, das mir jemand reichte. Es lagen noch zerquetschte Eclairs mit buntem Zuckerguss darauf.

„Möchten Sie?"

Ich hielt das Tablett meinem Gegenüber hin, und er nahm sich ein rotes ohne hinzusehen. Ich wollte keins und streckte das Tablett einer Frau in den Weg; es blieb ihr nichts übrig, als es zu nehmen.

„Die Liebe lässt uns das Gute im Menschen erkennen", sagte der Amerikaner versonnen. Er hatte das Eclair in seiner Hand noch immer keines Blickes gewürdigt.

„Die Liebe lässt uns die Menschen verkennen", entgegnete ich. Ich sah die gerahmte Fotografie vor meinem inneren Auge. Sie war plötzlich aufgetaucht, wie sie es immer tat.

Der Amerikaner sah stirnrunzelnd auf das bunte Häufchen in seiner Hand. In Ermangelung eines Ortes, an dem er es lassen konnte, wickelte er es in ein Taschentuch und schob es locker in seine Brusttasche.

„Vergessen Sie es nicht", meinte ich, und um einem Missverständnis vorzubeugen, fügte ich hinzu, „das rote Törtchen."

Ich konnte meine Gedanken nicht von der Fotografie lösen. Die Liebe ließ einen die Menschen verkennen. Noch schlimmer, sie ließ einen sich zum Narren machen. Wenn doch jeder mit seiner Liebe sich selbst genügen könnte, ohne sich auf der Suche nach einem Gegenstück der Lächerlichkeit preiszugeben. Besser in der Liebe verloren zu haben, als niemals geliebt zu haben - ein Idiot, der das gesagt hatte! Besser niemals geliebt zu haben, als geliebt zu haben und alles verloren zu haben!

Wenn das zynisch klang, dann nur wegen der Erinnerung an die Fotografie, die bei den Robinsons auf dem Kaminbord zu stehen pflegte.

●

Die Robinsons waren Bekannte meiner Eltern. Mein Vater hatte mir einen Brief für sie mitgegeben, als ich nach England gegangen war. Ich sollte während der ersten Zeit in London nicht ganz allein sein. So war ich anfangs häufig bei den Robinsons zu Gast. Sie hatten eine große Wohnung in Mayfair in der Nähe der Curzon Street. Oft war ich zum Tee bei ihnen, manchmal blieb ich zum Dinner. Ich freute mich immer auf diese Gelegenheiten, denn ich genoss die gedämpfte Atmosphäre mit den stuckverzierten Deckenlandschaften und den geputzten Kerzenleuchtern. Meistens endeten die Abende damit, dass wir zu dritt - Mrs. Robinson, Mr. Robinson und ich - im Salon saßen und plauderten. Mr. Robinson ging an die sechs Fuß, und sein größter Körperumfang auf Höhe des Bauchnabels hätte nur mit Schwierigkeit von einem Menschen umfasst werden können. Sein schwarzer Haarschopf reichte bis auf die Schultern, was für einen Mann ungewöhnlich war. Ich verstand es erst, als ich erfuhr, dass die Robinsons ein kleines Revuecafé besaßen. Mrs. Robinson war in ihrer Jugend Tänzerin gewesen und leitete die künstlerischen Angelegenheiten. Sie endete trotz ihrer aufgesteckten Locken weit unterhalb der Schultern ihres Mannes. Aber was ihr an Körpergröße fehlte, machte sie durch Lebhaftigkeit wett. Sie war immer in Bewegung, umschwirrte ihren Mann und ihre Gäste wie Bienen den Stock und war sich nie sicher, ob nicht noch etwas fehlte.

Bei einem dieser Abendessen sah ich die Fotografie zum ersten Mal. Wie üblich hatte Mr. Robinson mit mir eine Diskussion über Englands Politik begonnen, in die Mrs. Robinson wie gewohnt nach kurzer Zeit vehement eingegriffen hatte. Mr. Robinson hielt nichts von den Franzosen, er hatte Faschoda nicht vergessen. Außerdem waren die Frösche renitent und brachten nichts zustande. Mrs. Robinson schnappte beim Umherschwirren eine Bemerkung auf, blieb kopfschüttelnd stehen und widersprach. Mrs. Robinson verehrte die Franzosen. Es mündete in einem Zwiegespräch der Robinsons, das mir die Gelegenheit gab, meiner Lieblingsbeschäftigung nachzugehen, nämlich dabeizusitzen und den stetig wechselnden Themen zu lauschen. Mr. Robinson hatte kein Verständnis für die jungen Leute, die seit dem Krieg gar nichts mehr ernst zu nehmen schienen und nur noch an Schlagern und schräger Kunst interessiert waren. Wohin sollte es mit dem Empire kommen, wenn das und die steigende Arbeitslosigkeit die Zukunft sein sollten. Mrs. Robinson verteidigte das moderne Leben im Allgemeinen und jedes zu den Aussagen ihres Mannes widersprüchliche Argument im Besonderen, so dass die Prognose der Unterhaltung, in einem Kompromiss zu enden, schlecht stand. Auch das war üblich. Hin und wieder trug ich ein Wort zur Unterhaltung bei, doch meist füllte ich nur die Gläser nach, wenn der Portwein in dem einen oder anderen Glas zur Neige ging.

Bei solchen Gelegenheiten ließ ich meinen Blick wandern, und an diesem Abend fand er den Silberrahmen mit der Fotografie unter Glas. Er stand zwischen einem Blumenstrauß und einem Pokal auf dem Bord des Kamins. Kaum dass mein Blick über den Rahmen hinweg geglitten war und überrascht seinen Weg zu ihm zurückgefunden hatte, war es um mich geschehen.

Zum Glück entlud sich in diesem Augenblick eine Meinungsverschiedenheit zwischen den Robinsons wie ein tropisches Unwetter, und meine geistige Abwesenheit wurde nicht bemerkt. Es war so um mich geschehen, dass ich mich nicht einmal fragte, wieso ich den Rahmen nicht schon bei früherer Gelegenheit entdeckt hatte. Ich konnte mir nicht helfen, ich musste dieses Bild ansehen. Der Anstand, der es mir sonst verboten hätte, das Bild einer jungen Frau anzustarren, war im Kampf gegen etwas Stärkeres still unterlegen. Meine Selbstbeherrschung war dahin, lachte nur und trieb mir förmlich Schauer über den Rücken.

„Ihr Name ist Selina."

Mr. Robinsons Bassstimme ließ mich erschrocken aufmerken. Ich weiß nicht mehr, was ich stotterte, wenn ich überhaupt ein Wort herausbrachte. Doch ich weiß, dass ich mir unter den gütigen und etwas belustigten Blicken der Robinsons entsetzlich geistesarm vorkam.

II.

Mit einer Nonchalance, die ich bewunderte, hatte der Amerikaner einer Dame das volle Glas aus der Hand genommen und gesagt: „Hol' dir ein neues, Kleines."

Seltsamerweise schien sie nicht ärgerlich, denn mit einem strahlenden Lächeln in ihrem schon etwas glasigen Blick schob der Strom sie von dannen.

„Ist es nicht komisch", sagte er dann, „dass ich nicht eine einzige Seele in diesem Raum kenne."

Ich sagte ihm nicht, dass es mir ähnlich ging, sondern nahm mir noch eine Stange Salzgebäck. Anscheinend hatte die Gastgeberin bei der Wahl der Gäste ihrer literarischen Ader freien Lauf gelassen. Am Fenster sah ich eine bescheidene Traube von Menschen, die den Worten eines bärtigen, jungen Mannes lauschten, offenbar eine improvisierte Dichterlesung.

„Hier sind eine Menge Autoren", sagte ich, und ich bemerkte, dass mein Gegenüber die Gesichter der vorüberschiebenden Menschen unter diesem neuen Aspekt zu mustern begann.

„Siehst du den mit dem roten Jackett und dem räudigen Bart", hörte ich eine Frauenstimme hinter mir.

Ich wandte mich um. Zwei Frauen reckten ihre Hälse in Richtung Fenster.

„Das ist Falkham, der gehört mir." Die Stimme der einen klang, als wollte sie etwas von vornherein klarstellen. „Der Kleine rechts neben ihm ist vielversprechend. Sandy sagt, dass demnächst ein Gedichtband von ihm bei Triad Press erscheint."

Die andere Frau schaute zum Fenster mit einem Blick, als machte sie sich in Gedanken Notizen. „Lass mich nur schnell die Lippen nachziehen", sagte sie und kramte hinter dem Rücken der ersten in ihrer Tasche.

„Man sieht das den Menschen nicht an", erklärte ich dem Amerikaner. Dieser hatte seine Suche zuletzt kopfschüttelnd beendet und dafür sicherheitshalber Halt an der Wand gesucht. „Die sind nur von innen anders."

„Sie kennen sich wohl aus", entgegnete er.

Ich machte lediglich eine Kopfbewegung und wechselte von einem Bein auf das andere.

•

Ich entwickelte eine Fertigkeit, mir bei jeder möglichen Gelegenheit den einen oder anderen Blick auf die Fotografie zu verschaffen. Außerdem begann ich, jede noch so dürftige Information über Selina zu sammeln. Ich möchte noch heute am liebsten die Augen schließen, wenn ich an die Plumpheit denke, mit der ich manchmal zu Werke ging.

Selina war die angenommene Tochter der Robinsons. Ihre Eltern, der Vater war Mr. Robinsons Bruder gewesen, waren bei einem Unfall umgekommen. Kurzerhand hatten die Robinsons, die selber keine Kinder hatten, ihre Nichte an Kindes Statt angenommen. Der tragische Verlust der Eltern weckte in mir ein undeutliches Gefühl von Mitleid, vermischt mit Bewunderung, dass sie trotz ihres Schicksals so herzlich lächeln konnte, wie sie es auf der Fotografie tat. Ich hatte sie noch nicht zu Gesicht bekommen, weil sie ein Schweizer Internat besuchte. Mrs. Robinson bemerkte in diesem Zusammenhang einmal, wie schwer es ihr falle, bis auf einige Wochen im Sommer das ganze Jahr auf Selinas Gesellschaft verzichten zu müssen. Etwas hupfte in mir, als ich das hörte. Ich fragte nicht, wann sie im Sommer nach London kommen würde.

Durch die Dinge, die ich in Unterhaltungen über sie erfahren hatte, und durch die Dinge, die ich zwischen den Zeilen gelesen hatte, wuchs in mir die Gewissheit, Selina besser zu kennen als sonst einen Menschen.

Ich würde mit Selina im St. Jame's Park spazieren gehen, wir würden die Vögel füttern. Ich stand dabei und sah zu, wie sich die Vögel in Scharen um die Krumen balgten, die Selina ihnen hinwarf. Sie versuchte, gerecht zu sein, damit kein Vögelchen leer ausging. Auf einmal bemerkte sie ein abseits hockendes Tier mit einem lahmen Flügel, das von seinen Artgenossen immer wieder von den Krumen fortgestoßen wurde. Ohne zu zögern - genau, wie ich es von ihr erwartet hatte - nahm sie eine Handvoll Brotkrumen und reichte sie mir, damit ich inzwischen die anderen Vögel weiterfütterte. Sie selbst entfernte sich einige Schritte und lockte das einsam da kauernde Tier. Erst zögernd, als könne es der Sache nicht trauen, rückte das Tier näher zu ihr und schluckte dann hastig all die Krumen, die sie ihm hinwarf. Als Selina sicher war, dass das Tier genug bekommen hatte, kam sie zurück zu mir. Ich konnte den Frieden in diesen Bildern fast körperlich spüren. Als wir weitergingen und die Wasseroberfläche neben uns in der Dämmerung schimmerte, hatte ich meinen Arm um Selinas Schulter gelegt.

III.

Die Frau, die zu dem räudigen Falkham gehörte, stand jetzt tatsächlich an seiner Seite und lauschte hingegeben seinen Worten. Offenbar kannten sie sich gut, denn sie hatte ihren Arm unter seinen freien geschoben. In der anderen Hand hielt er das Bändchen, aus dem er vorlas. Er schien mir sehr lange Pausen zu machen.

Die andere Frau war der Empfehlung ihrer Freundin gefolgt und ließ ihre frisch nachgezogenen Lippen auf den Kleinen wirken, von dem bei Triad Press etwas erscheinen sollte. Sie hob sich von der Umgebung ab, denn sie trug keins der nachgeahmten, hauchdünnen Charlestonkleider, wie sie gerade wieder ‚le dernier cri' waren, sondern ein dunkles Samtkleid, das eher zur Verhinderung eines Wärmeverlusts als zum Zweck des Figurgewinns geschneidert schien. Der Kleine war überwältigt. Fast übermütig organisierte er zwei Gläser des perlenden Getränks und reichte eins der Frau. Ihr Blick schien gerade so, als hatte er sie vor dem Verdursten gerettet.

„Die Liebe lässt die Menschen Rollen spielen", sagte ich zu dem Amerikaner, der jetzt im Takt der Musik nickte. Anscheinend hatte er mich nicht verstanden. „Wegen der Liebe spielen die Menschen Rollen", wiederholte ich, „sie sind nicht sie selbst."

Er nickte weiter. Ich war nicht sicher, ob es noch wegen der Musik war, oder ob er mir zustimmte.

„Spielen wir nicht alle eine Rolle", sagte er und machte eine Bewegung mit seinem Glas, die nichts bedeutete.

Der Amerikaner gehörte wohl auch zu jenen, die es liebten, Unterhaltungen mit rhetorischen Nullsummen in die Sackgasse zu führen. Ich beobachtete, wie er den obersten Knopf seines Hemds öffnete und fortfuhr zu nicken.

„Bestimmt spielen Sie auch eine Rolle", versuchte ich ihn zu locken.

Er lächelte auf einmal.

„Und nie würden Sie herausfinden, wer dahintersteckt. Warum verlangen alle Menschen, dass man so ist, wie man geschaffen wurde? Wie unmodern! Der Geist entscheidet sich für eine Rolle, und wenn ihre Züge einem von der Natur vorenthalten wurden, erfindet man sie." Er dämpfte noch rechtzeitig ein Rülpsen zu einem geköpften Aufstoßen. Zu meiner Beruhigung schwankte er, sonst hätte mich seine ungewohnte Redseligkeit an der Echtheit seines Schwipses zweifeln lassen. „Jedermann wählt sich die Rolle, die ihn glücklich macht."

Er wollte fortfahren, doch die Tide der Anwesenden hatte eine Frau gegen ihn gedrückt. Im Bemühen, ihm nicht auf die Füße zu treten, verlor sie das Gleichgewicht und nahm ihre Hände zur Hilfe, um sich an seiner Brust abzustützen.

„Ich bin entzückt", sagte der Amerikaner zu der Frau. Diese hatte wieder festen Boden unter den Füßen und lächelte ihm zu. „Meine Liebe", setzte er hinzu, „Sie haben die gleichen Augen wie meine Frau."

„Das war sehr roh", sagte ich zu dem Amerikaner, als die Frau fortgeschwemmt war.

„Ich bin gar nicht verheiratet", entgegnete er. Er hatte begonnen, seine Brusttaschen abzutasten. „Das gehört zu der Rolle, die ich heute Abend spiele." Er zog das Taschentuch hervor und entfaltete es vorsichtig. „Sie hat das Törtchen zerstört", sagte er, und seine Dackelaugen blickten noch eine Spur trauriger.

Ich mochte ihn nicht stören bei dieser Betrachtung. Von einer Keramikvase mit künstlichen Blumen neben mir wanderte mein Blick über die großflächige Wandverkleidung aus Paneelen, die mit orangefarbenen Blumen vor einem blaugrünen Sonnenuntergang bemalt waren, und landete zuletzt bei den Dichtern. Falkham hatte seine Lesung beendet, und die Zuhörer spendeten höflich Beifall. Die Frau an seiner Seite hielt ihren Arm untergehakt und brachte es trotzdem fertig, begeistert zu klatschen. Der selige Ausdruck ihres Gesichts glich dem einer Mutter, die ihrem Kleinen beim ersten Stillen zusah.

Ja, dachte ich, warum sollte nicht jeder die Rolle spielen dürfen, von der er sich das meiste versprach. Vielleicht hatte der Amerikaner Recht und ich war unmodern. Jedermann spielte heutzutage eine Rolle. Keiner war mehr, was er war. Jeder rannte dem hinterher, was die anderen vorgaben zu mögen - und mochte es ebenfalls, wenn er auch modern sein wollte, oder mochte es gerade nicht, wenn er die Kühnheit besaß, ein noch modernerer Rebell sein zu wollen. Als ich mich nach der Entdeckung der bemalten Paneele erneut umsah, entdeckte ich überall Spuren der frühen Omega-Werkstatt: einen bemalten Lampenschirm, Selbstgetöpfertes mit afrikanischem Einschlag, Sesselbezüge in bunten Farben und seltsamen geometrischen Formen. Als diese Form des Provisorisch-Provokanten neu gewesen war, hatte es aufgeregte Erwähnung in der Vogue und in House & Gardens gefunden, doch das schien Ewigkeiten her. Ehemals sicher stolze Besitzerin dieser Insignien des Avantgardismus', erwähnte die Hausherrin den Besitz dieser Stücke heute bestimmt nicht mehr, heute, wo jeder in der Angst lebte, der Muffigkeit bezichtigt zu werden. Modernität forderte eben ihren Preis der ewigen Angst vor der Unmodernität.

•

Wenn ich die Robinsons besuchte, hatte ich den Eindruck, als besuchte ich auch Selina. Ihre Seele war immer unter uns. Bei Tisch sah ich sie neben mir sitzen, ich hörte ihr glasklares Lachen, wenn Mrs. Robinson einen Scherz machte. Es hing wie

Glockenklingeln in der Luft, schwebte zur Decke empor und verflüchtigte sich in einem Raunen. Wenn Mrs. Robinson stärker als gewöhnlich von ihrer Arthritis geplagt wurde - eine Folge ihrer vielen Tanzerei, wie sie immer sagte - nahm Selina ihr selbstverständlich alle Arbeit ab. Sie schenkte den Tee ein, reichte den Kuchen herum und sorgte dafür, dass die Milchkännchen rechtzeitig nachgefüllt wurden. Wenn die Unterhaltung zu stocken drohte, hatte sie ein passendes Stichwort auf den Lippen. Natürlich begleitete sie auch die Gäste beim Aufbruch hinaus, und für jeden hatte sie ein persönliches Wort zum Abschied. Kurzum, sie war, wie die Fotografie auf dem Kaminsims es nicht anders erwarten ließ.

Bald war mir, als kannte ich Selina seit vielen Jahren. Sie war mir vertraut wie eine Schwester, aber ich war froh, dass sie nicht meine Schwester war, denn das hätte meinen Gefühlen und meinen Plänen für die Zukunft im Weg gestanden.

Als ich wieder eines Nachts wach im Bett lag und meine Gedanken an Selina wie Kinderaugen an einer Bonbondose hingen, übermannten mich meine Gefühle auf einmal mit solcher Stärke, dass es mich nicht mehr im Bett hielt. Im Hemd setzte ich mich an den Schreibtisch und schrieb im hereinfallenden Gaslicht der Straßenlaterne ein Liebesgedicht. Als ich den Stift zur Seite legte, raste mein Herzschlag und ich war in Schweiß gebadet. Ich bebte, als ich die kaum getrockneten Zeilen las. Es war mein erstes Gedicht, und doch besaß es in Sprache und Reim ein Äußerstes an Klarheit und Ebenmaß. Ich war sicher, dass nur die tiefe Zuneigung zu Selina mich zu diesem literarischen Höhepunkt hatte führen können. Ein Kloß saß mir im Hals, mir war nach Weinen zumute. Ich konnte fühlen, wie sie von hinten die Arme um mich schlang, ihren Kopf auf meine Schulter legte und ihre Augen über die Zeilen glitten. Der Kuss, den sie mir auf das Ohrläppchen hauchte, war leicht wie die Berührung einer Feder. Oh...

IV.

Auf der Suche nach einem Lager für das zerquetschte Eclair hatte der Amerikaner die Vase hinter meinem Rücken entdeckt. Ich war erst skeptisch, doch dann tat ich ihm den Gefallen und versenkte es samt Taschentuch zwischen den Stielen der künstlichen Blumen in der Tiefe der Omega-Werkkunst.

„Eigentlich schade", meinte ich. Ich hatte das Taschentuch im Sinn. „Es sah sehr hübsch aus." In den Ecken waren Stickereien gewesen, Blumen, nahm ich an, aber möglicherweise auch ein Monogramm.

„Finden Sie?"

Offenbar machte sich mein Gegenüber nichts aus dem Verlust des Taschentuchs.

„Dabei war es doch nur Mehl und Zucker und ein Sprenkel Farbe. Ich kann diese Dinger nicht ausstehen. Ich weiß nicht, warum ich es mir überhaupt nahm."

Von irgendwo hatte er wieder ein Glas mit Inhalt bekommen.

Ich klärte das Missverständnis nicht auf. Inzwischen hatte der Amerikaner so viel getrunken, dass eine Spitzfindigkeit ihn möglicherweise überfordert hätte.

„Vielleicht war es Mitleid", sann ich, „Sie sahen das Törtchen da liegen, und Sie hatten einfach Mitleid."

Seltsam, dass mich Mitleid als Triebfeder nicht losließ. Mir war bewusst, dass ich hinter vielen menschlichen Handlungsweisen Mitleid als Auslöser vermutete.

Der erschrockene Blick meines Gegenübers galt weniger meiner Person als meiner Überlegung.

„Bursche, Sie könnten Recht haben", entfuhr es ihm. „Mein Vater sagt immer, fang heute an Mitleid zu haben und morgen wirst du verheiratet sein." Er hörte nicht auf, den Kopf zu schütteln.

„So schnell geht das nicht."

Man hätte meinen können, ich versuchte, ihn zu beruhigen. Dabei hatte ich eigentlich das Gegenteil im Sinn. Bis dahin hatte ich von den reichen amerikanischen Kreisen nur gehört, in denen das Heiraten die Aura eines Gesellschaftsspiels hatte. In meiner Beobachtung glich es eher einem Felsbrocken auf der Straße, um den sich mit viel Schweiß bemüht wurde, nur um ihm am Abhang einen Tritt zu versetzen.

„Glauben Sie nicht, dass es sich so leicht heiraten lässt." Und ich legte noch einen drauf. „Eher geht ein Esel in eine brennende Scheune als ein Mann bei Verstand in die Ehe."

Eine Frau bugsierte ihren Mann an der Wand entlang zur Tür. Auf seinem Gesicht lag ein zufriedenes Grinsen. Als sie an uns vorüberkamen, hörte ich die Frau zischen: „...und ich sag' noch zu dir: Trink nicht so viel!"

•

Natürlich war klar, dass wir heiraten würden. Wieso ich das nicht schon gewusst hatte, als ich zum ersten Mal ihr Bild gesehen hatte, begriff ich nicht. Das Schicksal hatte mich nach London und dank des Briefes meines Vaters zu den Robinsons geführt, damit sich Selinas Wege mit den meinen hatten kreuzen können. Wir waren füreinander bestimmt. Die Wahrheit konnte so simpel sein!

Ich will nicht verschweigen, dass ich mir manchmal die bange Frage stellte, wovon ich uns ernähren sollte. Bis meine Einkünfte als Autor reichen würden, konnte noch einige Zeit vergehen. Doch diese Augenblicke der Verzagtheit dauerten nie lange. Selina war eine kluge und verständnisvolle Frau. Stolz würde sie die Leitung unserer bescheidenen Lebensumstände in die Hand nehmen und dafür sorgen, dass mir genügend Zeit zum Schreiben bliebe. Und mit jeder Aufopferung würde sie unsere Liebe verteidigen und dauerhafter machen als den Staub im Weltall. Denn Glück war kein golden glitzernder Königsball, sondern die schlichte Zufriedenheit eines Bundes zweier liebender Menschen.

Einige Zeit später erwähnte Mrs. Robinson, dass Selina bald nach London kommen würde. Sie sagte es beiläufig, aber in meiner Brust verursachte es ein Hupfen. Selina habe sie gebeten, eine Party vorzubereiten, denn einige Freundinnen aus dem Schweizer Internat würden ihre Ferien in London verbringen. Denen wolle sie natürlich etwas bieten. Einige ihrer Londoner Bekannten habe sie bereits schriftlich eingeladen. Es müsse eine wirklich entzückende Party werden. Als Mrs. Robinson mich fragte, ob ich nicht auch kommen wollte, hatte ich Mühe, meine Aufregung zu verbergen. Es werde alles ganz zwanglos, versicherte sie mir in Missdeutung meines Zögerns, nur eine kleine Party unter jungen Leuten, nichts Besonderes, nichts Großes. Ich bemühte mich, meine Zusage nicht allzu überstürzt klingen zu lassen.

Dieser Eindruck von Gegenwart, die sich in verheißungsvolle Zukunft wandelte, begleitete mich auf dem Heimweg. Nur ein Gefühl war das, ganz zart, schwach wie ein aufglühender Funke, aber bedeutungsvoll wie eine Sternschnuppe.

V.

„Sie hat es wohl mal ganz schön erwischt", sagte der Amerikaner. Ich hoffte, dass sein teilnahmsvoller Blick Folge des Alkohols war und wünschte mir, er würde wieder in sein Glas starren oder im Takt der Musik nicken. Es fehlte noch, dass er mir tröstend auf die Schulter klopfte.

Hätte ich gar nicht erst davon angefangen! Ich wusste, Mitleid war nicht seine Sache, sonst hätte ich denken können, dass der Blick meines Gegenübers vor rührseligem Verständnis troff.

„Ich will Ihnen etwas sagen, so von Junggeselle zu Junggeselle", schnurrte er. Offenbar hatte ich mich geirrt und sein Blick war nur der Anfang gewesen. „Sie stehen da nicht allein. Ich kannte einmal eine Frau. Eines Abends waren wir allein, da hält sie plötzlich inne und fragt, ob mein Vater wirklich fünf Cadillacs besitze."

Er sah mich an, als erwartete er, dass ich den Schock empfände, der ihn bei diesen Worten gestreckt hatte. Ich empfand die Unterhaltung wie Himbeergelee, der nach dem Einkochen nicht steif geworden war. Selbstmitleid eines Betrunkenen war mir zuwider. „Trinken Sie noch etwas", schlug ich vor.

Er nickte und ich schalt mich, dass ich an der Wendung des Gesprächs selbst schuld war. Ich überlegte, wie lange es noch dauern würde, bis er mir seinen Vornamen anbieten und von seinem Swimmingpool erzählen würde.

•

Bevor ich zur Tür hinausging, warf ich einen letzten Blick auf mein Spiegelbild. Ich trug meinen besten Anzug, das weißeste Hemd und um den Kragen das silberne Seidentuch, das ich nur zu feierlichen Anlässen umband. Vom frisch geschnittenen und von Haarfett gebändigten Haar bis hinunter zu den Schuhsohlen fand ich nichts zu beanstanden.

Ich war im Begriff zu gehen, als mich ein Gedanke wie eine Eingebung höherer Instanz einhalten ließ. Ich öffnete die Schublade meines Schreibtischs und nahm das Gedicht, das ich Selina gewidmet hatte, faltete es vorsichtig und steckte es ein. Gelegenheiten ergaben sich, dachte ich so und dankte dem Himmel für seine Voraussicht.

Ich ging zu Fuß und malte mir aus, was mich erwarten würde. Selina verabschiedete gerade die letzten Gäste. Die Party war ganz zwanglos gewesen, nur eine kleine Party unter jungen Leuten, nichts Besonderes, nichts Großes. Die Pflichten der Gastgeberin hatten Selina ermüdet. Mit einem erschöpften Lächeln lehnte sie sich gegen die Tür, als sie sich endlich hinter dem letzten Gast geschlossen hatte. Ich saß auf dem Sofa, unsere Blicke fielen sich in die Arme wie lang getrennte Gefährten. Langsam durchschritt Selina den Raum, blies die Kerzen auf dem Tisch aus und kam zum Sofa. Als die schwerfällig aufsteigenden Rauchfäden der Kerzen sich mäanderförmig zu verweben begannen, ließ sich Selina mit einem Seufzen neben mir nieder. Sie schob ihren Arm unter den meinen und lehnte ihren Kopf an meine Schulter. Ihr regelmäßiger Atem berührte mich. Langsam, mit der freien Hand und ohne Selina zu stören, die die Augen geschlossen hatte, griff ich in meine Tasche und zog den gefalteten Bogen hervor. Mit weicher Stimme begann ich vorzutragen.

VI.

Gegen Mitternacht kannte ich die Leidensgeschichte des Amerikaners, und ich wusste, es wäre besser, er würde mich nie wiedertreffen. Fremde, die zu offen miteinander gewesen waren, sollten sich nicht wiedersehen.

Inzwischen hatte ich die Gastgeberin zu Gesicht bekommen. Mit schriller Stimme hatte eine junge Frau gerufen: ‚Oh, Mrs. Lyton, Ihre Party ist wirklich ganz reizend!'. Die angesprochene Dame war mittleren Alters und nickte der begeisterten Frau zu, dabei hob sie die geballte Faust zum Gruß. Ihr Gesicht sah trotz der grellen Schminke ausgemergelt aus, und ihre Kiefer bewegten sich, als kaute sie Tabak. Ich fragte mich, ob sie Veronalistin war. Als sie jung gewesen war, hatte man sich in ihren Kreisen am Sonntagnachmittag bei einem Cocktail zum Auswickeln einer Mumie getroffen und war sich dabei furchtbar schick vorgekommen. Jetzt trug sie die gefärbten Haare kurz und im Nacken ausrasiert, wie es gerade Mode war. Die beiden jungen Männer in ihrem Gefolge ähnelten in ihrem Aussehen stark Falkham und dem Kleinen. Einer von ihnen reichte ihr Feuer. Ich fragte mich, ob sie auch bei Triad Press unterschrieben hatten.

„Wissen Sie", unterbrach ich den Amerikaner, „ich bin auch einer von ihnen."

Die fünf Cadillacs seines Vaters waren eine große Belastung für seine Beziehungen gewesen, wie ich inzwischen erfahren hatte, aber ich war zuversichtlich, dass meine Bemerkung ihn davon ablenken würde. Sein Blick ließ mich das Missverständnis voraussehen.

„Ich bin auch Autor", fügte ich hinzu.

Er sah mich an, so lange, dass ich vermutete, er überlegte, ob ich die Tatsache mit Absicht verschwiegen hatte, um sein Vertrauen zu gewinnen. Möglicherweise bereute er bereits seine Offenheit.

„Da ham Sie mich aber ganz schön an der Nase herumgeführt", bemerkte er schließlich. Er legte den Kopf auf die Seite und musterte mich. „Man sieht es Ihnen aber auch nich' die Spur an."

„Ich sagte Ihnen ja schon, die sind nur innen anders."

Er sah mich noch immer kopfschüttelnd an. Dann klopfte er auf die Brust, wohl um einem Aufstoßen auf den Weg zu helfen. „Gibt nicht viele Menschen, die eine Rolle so überzeugend spielen." Es schwang eine gewisse Indifferenz in seinen Worten, als wusste er noch nicht, wie er diesen Betrug endgültig einschätzen sollte.

„Ach", sagte ich und machte eine Bewegung mit meinem Glas, so eine, die nichts bedeutete, „spielen wir nicht alle eine Rolle?"

●

Ich bog um den letzten Absatz der Treppe und fand die Wohnungstür der Robinsons geöffnet. Ich nahm die letzten Stufen. An dem weit geöffneten Türflügel hing eine rote Papierblume, darunter war ein Papier angeheftet, auf dem in verschnörkelten Buchstaben geschrieben stand ‚Fête d'amour'.

Aus dem Inneren der Wohnung hörte ich entfernte Stimmen, vermischt mit Musik. Ich betrat den Flur, blickte nach rechts, dann nach links, wo der Flur in Richtung Salon einen Knick machte. Keine Menschenseele zeigte sich. Ich fragte mich, ob ich warten oder in den Salon gehen sollte, als sich vor mir die Tür zu Mrs. Robinsons Boudoir öffnete. Mir fiel ein Stein vom Herzen, denn unter diesen seltsamen Umständen fand ich ein erklärendes Wort eines vertrauten Menschen hilfreich. Doch es traten zwei junge Frauen heraus, so in ihr Gespräch vertieft, dass sie mich erst bemerkten, als mich eine von ihnen anrempelte. Ich erinnere mich nicht mehr an ihre Gesichter, nur an schillernd blauen Lidschatten, flatterige Augen und bunte Kleidchen, die an schmalen Trägern von blassen, knochigen Schultern herabhingen. Ich wollte mich entschuldigen, doch die beiden Frauen hatten schon die Hände vor den Mund geschlagen und sich unter Kichern abgewendet. Ich sah ihnen nach, wie sie mit zusammengesteckten Köpfen den Flur entlanggingen. Am Ende des Ganges warf mir die eine über die Schulter einen Blick zu, worauf beide mit zuckenden Schultern die Köpfe noch näher zusammensteckten.

An der Tür zu Mrs. Robinsons Boudoir hing ein Stück Papier, auf dem in derselben gezierten Schrift ‚Garderobe' stand. Offensichtlich war das Boudoir für diesen Abend umfunktioniert worden. Überall im Raum lagen Haufen von mehr oder weniger akkurat übereinandergeworfenen Kleidungsstücken. Ich zögerte, zog dann meinen Mantel aus und legte ihn auf einen Kleiderhaufen, der mir am stabilsten erschien. Neben Mrs. Robinsons Ruhecouch stand ein halb ausgezogener Paravent. Sie hatte einmal erzählt, dass sie ihn auszuziehen pflegte, wenn sie ruhte, damit ihr Mann an die Regale im vorderen Teil des Boudoirs gelangen konnte, denn der Raum diente gleichzeitig als Bibliothek. Kurzentschlossen nahm ich meinen Mantel und ließ ihn bei einem anderen Haufen hinter dem Paravent. Der erschien mir entlegener und sicherer.

Die Möbel waren umgestellt worden, ich erkannte den Salon kaum wieder. Der lange Tisch war unter die Fenster gerückt worden, und die Stühle, einige von ihnen mussten zusätzlich aus anderen Zimmern herbeigeholt worden sein, standen in Gruppen an den Wänden. So war in der Mitte des Raums eine freie Fläche entstanden. An den Wänden hingen bunte Papiergirlanden mit Laternchen, und überall baumelten gefaltete Papierblumen an der Decke, die sich im Luftstrom bewegten.

Im ersten Moment war ich erstaunt über die Zahl der anwesenden Gäste. Es waren so viele, dass einige von ihnen keinen Sitzplatz mehr hatten und im Stehen ihre Gläser hielten. An der Seite des Salons war auf einem Beistelltisch ein Grammophon aufgebaut worden. Eine Gruppe von Frauen kniete davor, anscheinend in eine heftige Diskussion über die Liedauswahl vertieft. Die Stimmen der Gäste verschluckten ihre Worte, aber die gestenreichen Bewegungen der Knienden mit Schallplatten in den Händen ließen keinen Zweifel. Ich blickte mich um. Überall standen und saßen Gruppen zusammen, schwirrten Gesprächsfetzen hin und her, und manchmal wurde das Plaudern von Lachen unterbrochen. Jeder schien jeden zu kennen.

Ich ging zur Anrichte hinüber, wo ein wenigstens zwölf Fuß langes Büfett aufgebaut war, und ließ mir von der Frau, die für den Ausschank der Getränke verantwortlich war, ein Glas Sekt geben. Sie lächelte, als sie es mir reichte. Dass ich keinen der Anwesenden kannte, hatte ich nicht anders erwartet - ich hatte bisher nichts mit Selinas Kreisen zu tun gehabt - also blieb ich erst einmal bei den Getränken stehen und ließ meinen Blick wandern.

Selina hatte ich noch nicht entdecken können. Mein Blick wanderte sorgfältig von Gruppe zu Gruppe, doch ihr Gesicht fand ich nicht. Dafür stellte ich fest, dass ihr halbes Schweizer Internat anwesend sein musste, denn ich hörte deutsche und französische Sätze und einmal etwas, das nach

Orient klang. Die Frauen sahen alle recht jung aus, und die Männer waren auch kaum jünger als mein Schlag.

Plötzlich setzte laute Musik ein, und die Gespräche um mich herum verstummten wie auf ein Stichwort. Alle sahen in Richtung Grammophon, und ich fragte mich, was jetzt kommen würde. Im gleichen Moment sah ich die Frauen, die ich beim Eintreten vor dem Grammophon hatte knien sehen, sich einen Weg in die Mitte des Raums bahnen. Eine von ihnen mit grellblauem Kleid hakte sich auf dem Weg bei einem Mann unter und zog ihn mit sich. Dabei rief sie ihm etwas ins Ohr, das ich wegen der Lautstärke der Musik nicht verstand. In der Mitte des Raums begannen die Frauen zu tanzen. Die Musik klang verkratzt und hatte viel Geklimper und Schlagzeug, aber das störte anscheinend niemanden. Mit schuckelnden Armen sprangen die Tänzerinnen von einem Bein auf das andere, verrenkten ihre Gliedmaßen, ließen das offene Haar fliegen.

Ich war befremdet. Ich sah eine junge Frau den Kopf schütteln, als ihr Begleiter auf die zappelnden Vortänzerinnen deutete und dann auf sich und die Frau. Die Frau mit dem grellblauen Kleid rief laut, um die Umstehenden zu locken.

Als habe man nur auf diese Einladung gewartet, wurde es auf einmal an vielen Stellen des Salons unruhig. Ich hörte Lachen und Schreie. Es war, als hatte man eine Handvoll Kies in ruhiges Wasser geworfen. Ich drückte mich am Rand des Raums an eine Säule und beobachtete, wie es reihum fast alle erfasste. Niemand schien mehr so recht auf das zu achten, was er tat. Oberkörper beugten und streckten sich, Arme wurden auf- und niedergeworfen, einzelne Schreie übertönten das Geklimper des Grammophons.

Der Spuk ging vorüber, als die Schallplatte auslief. Langsam beruhigten sich die Gäste und kehrten auf der Suche nach ihren Gläsern an ihre Plätze zurück. Ich wartete noch einen Moment, bis ich aus meinem Winkel hervorkam. Die Gesichter um mich herum waren gerötet, der Atem eines Mannes neben mir ging so schnell, dass das Glas in seiner Hand davon beschlug. Die Frau, die mir mein Getränk gereicht hatte, kehrte hinter die Theke zurück. Sie hatte ihre Fassung noch nicht zurückgewonnen, ihr Körper wurde noch von einem lautlosen Kichern geschüttelt. Die Frauen, die den Tanz begonnen hatten, standen selbstbewusst inmitten eines Kreises aufgeregt plappernder Gäste auf der Tanzfläche. Die mit dem grellblauen Kleid deutete mit schnippenden Fingern einige Tanzschritte an und lachte und alle um sie herum lachten mit.

„Nein", rief eine junge Frau mit der ganzen Erregung ihres glänzenden Gesichts in diesem Ausruf, „nein, Selina, was du immer für Ideen hast!"

Ich stand stocksteif.

„Ich will euch etwas bieten", gab die Angesprochene zurück. Dabei fuhr sie sich mit einer weitläufigen Bewegung durch die Haare. „Zum ersten Mal in London, da kann ich euch doch nicht mit einem verstaubten Tanztee abspeisen."

Ich suchte in ihrem Gesicht nach etwas, das ich wiedererkannte, einer Linie, die mir vertraut erschien. War da etwas Bekanntes? Auf die Entfernung war es schwierig, das zu sagen, deshalb wagte ich mich einige Schritte vor.

„Aber all die Vorbereitungen", überraschte sich eine der Frauen, „wie hast du das nur alles geschafft?" Der deutsche Akzent passte zu den kräftigen, weißen Waden.

„Wer sagt denn, dass *ich* mir die Arbeit gemacht habe", lachte die blaue Frau. „Ich habe meiner Tante geschrieben, sie solle eine Cocktailparty vorbereiten, was Kleines, nichts Besonderes. Hätte sie gewusst, was hier heute Abend stattfindet, hätte sie bestimmt abgelehnt."

Die dralle Deutsche lachte bewundernd.

„Außerdem habe ich meine Tante und meinen Onkel gefragt, ob sie nicht für dieses Wochenende aufs Land fahren wollten. ‚Ich will euch nämlich nicht stören', hab' ich gesagt", sie kiekste und leerte ihr Glas, „‚mit meiner Cocktailparty'."

Die Runde lachte. Einer der Männer berührte Selinas Schulter mit seinem Glas, und sie schrie, und alle lachten noch mehr.

Der Mund sah ihr ähnlich, ja, die Kinnpartie mit dem Mund stimmte mit dem Bild überein. Aber die Augen, ich konnte mir nicht helfen, sie waren anders. Vielleicht lag es am Licht. Licht konnte der Wahrnehmung Streiche spielen, das war bekannt. Ich musste Selina aus der Nähe sehen, dann würde ich mich sicher fragen, wie ich sie nicht sofort hatte wiedererkennen können.

Selina war mit ihren Freundinnen zum Fenster gegangen und hatte sich mit ihrer Hilfe auf die Fensterbank gehangelt. Dort stand sie unsicher auf ihren hochhackigen Schuhen und hielt sich mit einer Hand am Vorhang fest. Ohne ein Wort hob sie ihre Hand. Die Gäste stießen sich gegenseitig an und verstummten erwartungsvoll. Neben mir reckte sich eine kleine, runde Frau mit Brille, die sie wie ein Frosch aussehen ließ, zu ihrem ebenfalls runden und bebrillten Begleiter und kicherte: „Genau so hat sie bei Mr. Debenham in Geschichte im Fenster gestanden und nach dem schottischen Liebhaber von Queen Victoria gefragt." Nach dieser Enthüllung steigerte sich ihr Kichern noch, und sie musste nach ihrem Taschentuch greifen.

„Ladies and Gentlemen", rief Selina, „messieurs et mesdames! Geliebte und Liebhaber!"

Sie sprach mit tiefer Stimme und hatte die Brust vorgestreckt. Gelächter war bei ihrer Anrede durch den Raum gegangen, doch sie ließ sich nichts anmerken und sprach mit betont ernsthafter Stimme weiter.

„Viele von euch sind zum ersten Mal in London. Ihr kennt London nicht, aber ihr kennt mich, und ich werde dafür sorgen, dass ihr London nicht vergessen werdet."

Unter Applaus ließ sie sich von der Fensterbank herunterhelfen. Gleich darauf wurde das Grammophon wieder in Gang gesetzt, mit langsamerer Musik und leiser, und um mich herum kehrten die Gäste zu ihren Unterhaltungen zurück. Mir war, als rückten alle ein wenig näher zusammen. Über die Schultern der Anwesenden hinweg bemerkte ich, dass sich Selina und ihre Freundinnen unter die Gäste mischten. Das kam mir gelegen, denn im Beisein ihrer Freundinnen erschien sie mir zu - ‚bewacht'. Wie genau an sie heranzukommen, darüber war ich mir nicht im Klaren, ich vertraute auf den Augenblick.

Bevor ich viel weiter denken konnte, begriff ich, dass Selinas Freundinnen nicht ohne Grund ausgeschwärmt waren. Eine Lampe nach der anderen wurde mit getönten Seidentüchern verhüllt, und mit jedem Tuch, das ausgebreitet und zurecht gezupft wurde, wurde das Licht gedämpfter. Ich überlegte, ob das Vorbereitungen für ein neues Spiel waren. Ich nahm mir ein gefülltes Glas und zog mich in die Nähe der Säule zurück, die mir schon zuvor Deckung geboten hatte. Währenddessen war die Musik gefühlvoller geworden, und ich hatte den seltsamen Eindruck, als verringerte sich die Zahl der Gäste. Hier und dort probierte ich einen Happen von dem kalten Büfett. Die Frau dahinter war eine Zeitlang nicht auf Posten und kam erst später mit zerzausten Haaren zurück, deshalb füllte ich mein Glas selbst nach. Dabei wechselte ich einige Worte mit einem jungen Mann, der ziemlich verloren am anderen Ende des Büfetts stand und eine Olive nach der anderen kaute. Ich ließ ihn bald stehen, als ich feststellte, dass sein einziges Interesse war, mir die Entstehung des Charleston aus den Wurzeln amerikanischen Buschmännergetrampels zu erklären. Er verschwand wenig später, als er keine Oliven mehr fand.

Auf einmal sah ich Selina zwischen den Leuten auftauchen und auf das Büfett zukommen. Es blieb mir keine Zeit, den Schweiß von den Händen zu wischen. Dummerweise fand ich keinen Ort, an dem ich mein Glas hätte abstellen können. Selina trat an das Büfett und nahm sich ein Schnittchen. Ich sah jede ihrer Bewegungen, sie stand direkt neben mir. Ihr Kleid war im Ausschnitt mit Rüschen besetzt, aber wieso sah ich das, wo ich meinen Blick nicht von ihrem Gesicht wenden konnte. Jetzt erkannte ich das Profil. Natürlich hatte es an dem Licht und der Entfernung gelegen, dass mir das nicht sofort gelungen war. Ihre Schultern wippten im Takt der Musik. Ich konnte ihren nackten Hals bis hinunter zu den Schlüsselbeinen sehen.

„Ich", meine Stimme klang rau, ich räusperte mich. Ihr Blick wanderte durch den Raum, als suchte sie etwas. „Mein Name ist...", ich stockte erneut, denn sie reagierte noch immer nicht. „Ihre

Tante war so nett, mir Ihre Einladung auszurichten."

Sie warf mir einen Blick zu, und für einen Moment fühlte ich mich an die fehlende Vertrautheit mit ihren Augen erinnert. Sie wandte sich um und nahm noch ein Schnittchen.

„Dann müssen Sie dieser Schriftsteller aus den Kolonien sein", sagte sie, den Blick auf ihren Gästen, die sich nun meist paarweise in der schummerigen Atmosphäre bewegten.

„Na ja, Schriftsteller", wandte ich ein und war doch froh, ihr zustimmen zu können. Sie hatte also von mir gehört, sie kannte meinen Namen, sie wusste, dass ich schrieb. „Ich bin natürlich noch jung und noch nicht lange..."

„Hardy, hier bin ich", rief sie und hob die Hand.

Offenbar hatte sie wirklich jemanden gesucht. Ich sah einen Mann auf uns zusteuern, den ich nicht kannte. Aber ich kannte seine Haltung, sie war typisch für die Nachkommen der Oberschicht, die noch keine Verantwortung trugen, und der Ausdruck seines glatten Kindergesichts passte dazu. Er legte seine Hand auf Selinas Arm und gab ihr einen Kuss auf den Mund. Selina erwiderte ihn.

„Schatz, ich suche dich schon eine ganze Weile", sagte er. „Im Esszimmer liegen zwei von deinen Gästen unter dem Tisch, und in den übrigen Zimmern sieht's nicht anders aus."

„Nimm ein Glas, Hardy", sagte Selina und dann zur Antwort: „Meine Freundinnen vom Festland sollen sehen, was ihnen auf dem Kontinent entgeht. Ach, übrigens", sie hatte sich ebenfalls ein Glas genommen und deutete damit auf mich, „ein Schriftsteller. Meine Tante hat ihn eingeladen. Habe Ihren Namen leider nicht behalten", sagte sie in meine Richtung, „oder schreiben Sie unter einem Pseudonym?"

Ihr Bekannter musterte mich interessiert.

„Wie heißen Sie? Ist mir kein Begriff. Schreiben Sie schon lange?"

Ich wollte erklären, dass ich erst am Anfang stand.

„Na ja", sagte er, ohne mich zu Wort kommen zu lassen, „kann nicht jeder ein Genie sein."

Er wackelte in den Knien und sah Selina an.

„Was schreiben Sie denn so", fragte diese, dabei betrachtete sie einen Leberfleck auf ihrem Handrücken.

„Unterschiedlich", sagte ich, „einige..."

„Schreiben Sie mir Ihren Namen auf", unterbrach mich Hardy, „ich werde bei Hatchard's rein springen, wenn ich in der Nähe bin, und Ihr Buch für Selina besorgen. Wenn es ihr nicht gefällt, kann man es immer noch ins Regal stellen. Ein hübscher Einband ist sein Geld immer wert." Er zwinkerte mir zu. „Denke mir, Sie können es ganz gut gebrauchen."

„Hardy", rief Selina mit aufgebrachter Stimme.

Beim Reden und Wackeln hatte er etwas vom Inhalt seines Glases verschüttet und ihr Kleid befleckt. Er hatte sein Missgeschick nicht bemerkt und bezog ihren Ausruf auf seine Äußerung.

„Ja, ist doch wahr", verteidigte er sich und holte schnaubend Luft. „Ein Schreiber, den niemand kennt, schwimmt wohl kaum im Geld." Er sah mich herausfordernd an. Es hätte nicht viel gefehlt, und er hätte mir auf die Brust getippt. „Na, sagen Sie, was verdienen Sie?"

Selina, die noch immer ihr Kleid inspizierte, kam mir zuvor.

„Spiel dich nicht auf, Hardy, es kann nicht jeder mit einem silbernen Löffel im Mund geboren werden. Wenn man aus den Kolonien kommt, kann man sich sein Los nicht aussuchen. Da muss man arbeiten. Sicher hat er eine Frau, die Kacheln putzen geht, damit er schreiben kann."

„Aus den Kolonien kommen Sie", fragte Hardy, „da ist Ihr Vater sicher so ein Offizierskopp. Hatten Sie's wohl nicht leicht."

„Mein Vater besitzt eine Plantage", antwortete ich.

„Pflanzer", Hardy zog die Lippen breit. „Da haben Sie's ja richtig zu was gebracht."

Ich fasste mein Glas fester.

„Wenn Sie mein Buch interessiert", sagte ich zu Selina, „in der Bibliothek Ihres Onkels steht eine Ausgabe. Ich kann sie holen."

„Das müssen Sie nicht", antwortete sie, „ich werde bei Gelegenheit einen Blick hineinwerfen. Hat mein Onkel es denn schon gelesen?"

Sie füllte Hardys Glas nach und hakte sich bei ihm unter.

„Ich hatte es Ihrer Tante geschenkt, und sie sagte, sie habe es gelesen."

„Meine Tante liest Romane! Ich dachte, seit sie konvertiert ist, läse sie nur noch die Bibel. Vielleicht ist sie zur Vernunft gekommen."

Hardy lachte laut.

„Von der Tanzerei ist sie nicht klug geworden, warum sollte sie's mit Arthritis im Leib tun."

Er tippte sich an die Schläfe. Das Glas in seiner anderen Hand war wieder zur Hälfte leer, und er hatte erneut begonnen, in den Knien zu wackeln.

„Wahrscheinlich hat sie es Ihretwegen gelesen", sagte Selina achselzuckend. „Wird langsam sentimental, mein Tantchen."

„Sie sollten Liebesromane schreiben, mein Lieber", schaltete sich Hardy wieder ein. „Damit können Sie Geld verdienen", er gab mir einen Stoß mit dem Ellenbogen, „und sich vielleicht die Gesellschaft jüngerer Frauen leisten."

„Hardy, Schatz, lass uns noch etwas tanzen", sagte Selina, „meine Freundinnen vermissen mich sicher schon." Sie nahm ihm das Glas aus der Hand und trank es mit schnellen Schlucken aus. „War wahnsinnig nett, mit Ihnen zu sprechen", sagte sie zu mir. „Besuchen Sie doch meine Tante mal wieder."

„Kommen Sie mit", rief mir Hardy über die Schulter zu, während Selina ihn in die Mitte des

Raums dirigierte, "unter Selinas Freundinnen wird sich bestimmt etwas für Sie finden lassen."

Seine Backen waren unter seinem Grinsen noch eine Spur runder und praller.

"Oder haben Sie sich so an die braunen Eingeborenenmädchen gewöhnt?"

Er lachte, als Selina etwas sagte und ihn weiterbugsierte.

"Benimmt sich, als sei sie schon Mrs. Hardy Fuller."

Er lachte noch, als sie in dem schwülen Licht zu tanzen begannen.

•

Ich stellte mein Glas langsam auf den Tisch zurück. Auf eine Weise, die ich nicht erklären konnte, hatte der Moment etwas Bedeutsames. Als ich das Glas mit seinem Fuß in die Mitte eines der gewebten Karos der Tischdecke platzierte, beanspruchte diese Handlung meine ganze Aufmerksamkeit. Dann sah ich das Büfett entlang, und ich entdeckte eine Schale mit Oliven. Ich musste denken, wie sehr sich der junge Mann mit dem Interesse für Buschmännergetrampel darüber gefreut hätte. Schließlich fand mein Blick die Kraft, sich von dem Büfett zu lösen und mit fast schlafwandlerischer Sicherheit trug es mich durch die Menschen hindurch und aus dem Salon hinaus.

Es war, wie Hardy berichtet hatte. Hinter der Salontür drückte sich ein Paar an die Wand, und auf dem Kerzentisch in der Biegung des Flurs saß eine dürre, im Rücken eingeknickte Frau und fütterte einen Mann mit Erdnüssen, der seinen Kopf in ihrem Schoß liegen hatte. Seltsam, ich war ganz leicht, als ich an ihnen allen vorüberging. Ich hätte durch Wände schreiten können.

Die Tür zur Garderobe stand weit offen. Ich suchte erst in einem, dann im anderen Haufen, bis mir einfiel, dass ich meinen Mantel auf der Couch hinter dem Paravent gelassen hatte. Dort kniete ich und trug den Berg Teil für Teil ab, als ich hinter mir Absätze hörte.

„Hast du ihre Schuhe gesehen? Die müssen ein Vermögen gekostet haben", sagte eine weibliche Stimme in atemloser Begeisterung.

Es fiel mir nicht schwer, mir den Gesichtsausdruck dieser Frau vorzustellen. Ich erwartete einen Schrei und ein Kieksen, die zeigen würden, dass ich entdeckt worden war. Als ich nichts hörte, drehte ich mich um und sah, dass Mrs. Robinsons Paravent meine Entdeckung verhinderte.

„Sitzt mein Kleid hinten noch richtig?"

Die andere Frauenstimme klang wenig mitgerissen. Ich stellte mir vor, wie die Frau über ihre Schulter ihr Bild im Spiegel musterte.

„Die Falten unter dem Gürtel sind verrutscht."
Doch die erste Stimme kam nicht von den Schuhen

los. „Glaubst du, dass sie sie nach Maß hat anfertigen lassen?"

„Schuhe nach Maß", meinte die andere Stimme mit einer Spur Spott, „wer trägt noch Schuhe nach Maß, der König vielleicht... - Obwohl", der Klang ihrer Stimme wechselte, als drehte sie sich vor dem Spiegel, „leisten könnte sie es sich. Der Bursche, den sie sich geschnappt hat, scheint nicht von armen Eltern zu sein."

„Meinst du den Mann, mit dem sie tanzte, als wir den Salon verließen? Der sah doch ganz reizend aus, so elegant und so - stämmig."

Sie kiekste, als habe sie etwas Verbotenes gesagt, und das schien sie noch mehr aufzukratzen.

„Stämmig ist gut. Ich kenne diese Sorte. Mit dreißig bekommen sie rote Backen, und wenn sie ihre Frauen nicht mehr ertragen können, nehmen sie ihre Perücke und setzen sich ins Oberhaus. Dieser Hardy ist einer von ihnen."

„Hardy heißt er? Das klingt sehr vertraulich. Das ist sicher sein Kosename, den nur Selina benutzen darf."

„Hardy, Hardy, Hardy", entgegnete die andere. „Hier, halt mal meine Tasche. Meine Stirn glänzt, ich muss sie pudern."

Für einen Augenblick herrschte Stille. Ich hatte meinen Mantel gefunden, am Kragen gefasst, um ihn nicht wieder zu verlieren, und mich neben dem Haufen von Kleidungsstücken auf die Couch gesetzt. Ich vermutete, dass die Gedanken der ersten

Frau noch um den stämmigen Hardy kreisten, während sie der anderen selbstvergessen zusah.

„Ach, schau mal", durchbrach die nüchterne Stimme ihrer Begleiterin die Stille, „ist das da nicht unsere Selina?"

Ich schloss die Augen.

„Das soll sie sein", entgegnete ihre begeisterte Freundin. „Selina hat die Fotografie in der Schweiz einige Male herumgezeigt. Sie wurde auf Wunsch ihrer Tante aufgenommen." Ich öffnete meine Augen wieder. „In einem richtigen Studio", fügte sie hinzu. Die roten Flecken auf den Wangen der Frau konnte ich fast vor mir sehen. Bestimmt sah man in ihren Augen in diesem Moment das Weiße über der Iris.

„Der Rahmen ist Kitsch", sagte die andere.

„Selina erzählt immer, dass ihrer Tante die ursprünglichen Fotografien überhaupt nicht gefallen hätten. Zuwenig Grazie, soll sie gesagt haben, und dass Selinas Schönheit nicht zur Geltung käme."

„Ich habe einen Freund. Der macht in Antiquitäten."

Die Stimme der anderen ließ keinen Zweifel, was sie von dem Rahmen hielt.

„Dabei war das einfach nur Selina auf den Fotografien." Die Stimme der ersten Frau war noch höher geworden. „Da hat ihre Tante die Fotografien zu dem Fotografen zurückgebracht und hat sie retuschieren lassen. Stell dir das vor, genauso, wie man ein Kleid ändern lässt."

„Bei Antiquitäten nennt man das aufmöbeln."

„Und als sie die Fotografien zurückbekam, da sah Selina aus, wie eine - orientalische Altardienerin!" Die Stimme der ersten drohte zu kippen. „Das hat Selina selbst gesagt. Sie habe auf den neuen Fotografien ausgesehen wie eine orientalische Altardienerin." Sie verschluckte sich an ihrem Kichern. „Unschuldig und unberührt", brachte sie noch heraus, „unschuldig und ...!"

In dem anschließenden Lachen suchte ich vergeblich nach der Stimme der anderen. Ich vermutete, dass sie ihre Erscheinung im Spiegel musterte und ihrer Freundin einen Blick zuwarf, als fragte sie sich, ob wirklich nur Selinas Worte oder ein verschluckter Keksкrümel für diesen Ausbruch verantwortlich waren. Ein Knacken war zu hören, als sie ihre Tasche schloss, und dann ihre Stimme. „Da hat er wahrhaft Unmögliches fertiggebracht."

Begleitet von Absatzgeklapper verschwanden die Stimmen kurz darauf. Ich vernahm das überdrehte Lachen der ersten noch lange, als sie sich im Flur Richtung Salon entfernten. Ich zog meinen Mantel aus dem Haufen und trat hinter dem Paravent hervor. Neben dem Spiegel befand sich ein schmales Bücherbord.

Ich erkannte das Bild und den Rahmen wieder. Sonst hatte es im Salon auf dem Kaminsims gestanden. Man hatte es wohl bei den Vorbereitungen für die Party von seinem gewohnten Platz verbannt.

●

Ich ging noch einmal in den Salon zurück. Warum ich mich dazu entschloss, kann ich nur vermuten. Vielleicht war es eine Geste des Abschließens mir selbst gegenüber. Das Grammophon spielte eine französische Platte. Eine weibliche Stimme erzählte unter Akkordeonbegleitung mit Trommelgeschnarre und viel Geseufze die Geschichte ihrer Liebe. Die Gäste bildeten einen Kreis im Salon. Es dauerte einige Augenblicke, bis ich sah, was sie faszinierte.

Selina tanzte.

Sie sprang von einem Bein auf das andere, ließ die Arme im Takt schlenkern, juchzte bei jedem Sprung wie in Nachahmung des französischen Geseufzes. Doch der Alkohol hatte ihr das Akkurate genommen. Manchmal wirbelte ihr Kopf, und ihr Körper schwankte bedenklich. Wenn ihr die Haare ins Gesicht flogen, dachte ich, sie würde das Gleichgewicht verlieren. Einmal versuchte sie, zu dem wimmernden Akkordeon zu steppen. Mit einer Hand das Haar aus den Augen haltend, starrte sie angestrengt auf ihre Füße, bemüht, die Absätze im Takt der Musik zum Klappern zu bringen. Doch ihre Füße waren zu schwerfällig dafür, tappten nur. Lachend gab sie auf, schlitterte mit einer angedeuteten Verbeugung auf einen Mann aus dem Kreis zu und riss ihm die Flasche aus der Hand.

„Tanz, Selina, tanz", rief jemand.

Und Selina drehte sich zu der Musik. Ihr Kleid, das sich wie um einen Kreisel mit drehte, schimmerte unwirklich im Licht. Mit ausgebreiteten Armen taumelte sie, ein Derwisch im Schwindel. Haarsträhnen hingen in ihre Augen. Zweimal griff sie daneben, bis es ihr gelang, sie aus der Stirn zu fegen. Mit einem heiseren Lachen hob sie die um den Hals gefasste Flasche an die Lippen und trank. Ihr Kehlkopf fuhr auf und nieder wie ein gieriges Wesen. Und wieder lachte sie. Mit dem Handrücken wischte sie sich die Flüssigkeit aus den Mundwinkeln. Die Hand mit der Flasche zur Decke gestreckt, die andere zur Faust geballt nach unten gestreckt, tanzte sie weiter. Ihre Hüften rollten vor und zurück, ihre Schultern, ihre Glieder, alles zuckte wie in Krämpfen. Und über dem Gebrüll der Zuschauer schrillte ihr Lachen.

VII.

Obwohl ich die Themse auf dem Weg nach Hause nicht überqueren musste, fand ich mich in dieser Nacht auf einer ihrer Brücken wieder. Der Amerikaner hatte mir meine Geheimniskrämerei nicht übel genommen, und zuletzt hatten wir uns fast ernsthaft unterhalten, über Frauen, Cadillacs und was uns sonst in den Sinn gekommen war. Er hatte den Winter in Ägypten zugebracht - ich vermutete, er hatte die Bar des Winterpalace-Hotels in Luxor, von dessen Drinks er schwärmte, nur zu den Mahlzeiten verlassen - hatte danach einige Monate in Paris gelebt und war kürzlich nach London gekommen, um den Rest der Saison hier zu verbringen. Er wohnte im Claridge und wollte vor der Rückkehr nach Amerika ein paar nette Gesellschaften mitnehmen. Was ihn in England bisher aber am meisten beeindruckt hatte, war nicht irgendeine Gesellschaft, sondern die Themse gewesen. Er hatte noch keinen Fluss gesehen, der sich so unaufgeregt, fett, saftig und überschaubar durch flache, grüne Wiesen schlängelte. In Amerika seien Flüsse entweder Ströme von ozeanischen Ausmaßen, oder sie schossen mit staubtrüben Stromschnellen durch himmelhohe Canyons.

Ich sah zu dem so gelobten, träge fließenden Fluss hinunter, und während ich überlegte, ob ich je wie der räudige Falkham werden würde, ob ich das überhaupt wollte, musste ich an die Nacht denken, als ich von der Party bei den Robinsons gekommen war und mich ebenfalls unvermutet auf einer Brücke wiedergefunden hatte. Die Nächte waren sich ähnlich, dachte ich. Auch die Dunkelheit blieb sich gleich. Sogar der Fluss in seiner Schwärze war sich treu geblieben. Ich aber hatte mich in der Zwischenzeit verändert, ich hatte viel gesehen seitdem, und meine Selbstbeherrschung war stärker geworden. Sie war auch an jenem Abend nicht schlecht gewesen, überlegte ich, auch wenn es mich auf der Brücke schließlich erwischt hatte.

•

Ich lehnte über dem Geländer und starrte mit verschränkten Armen in die gluckernde Schwärze unter mir. Ich fühlte mich leer, auf eine merkwürdige Art frei von Gefühlen, wie eine ausgeblasene Kerze, die im Dunkeln erkaltete und sich in mildem Erstaunen wunderte, wie viel von ihr übrig geblieben war. Es war eine Stimmung, in der nichts wirklich zählte, nichts die sonst übliche Bedeutung besaß. Ich stand dort außerhalb der Zeit.

Plötzlich tastete meine Hand das gefaltete Papier in meiner Brusttasche. Ich zog es hervor, es brannte wie Falschgeld in meinen Fingern. Ich musste es zum Lesen weiß Gott nicht auseinander falten, ich kannte es ja Wort für Wort auswendig. Von einem Augenblick zum nächsten war es um die Leere in mir geschehen. Wie trockenes Reisig loderten die Flammen auf bei dem Gedanken an die Nacht, in der das Schriftstück entstanden war und der Erinnerung an die Verfassung desjenigen, der die Worte geschrieben hatte. Die Scham trieb mir die Nässe in die Augen. Ich dankte Gott für die Dunkelheit der Nacht. Plötzlich tanzten Bilder in meinem Kopf, als buhlten sie um meine Aufmerksamkeit. Grellfarbene Kleider ohne Fleisch darin wirbelten um mich, Oliven hüpften in rotem Licht, Füße mit drallen Waden trampelten rhythmisch gegen mein Schädeldach, ein Kieksen hier, französisches Geseufze...

Ich zerriss das Blatt - getrieben wie ein vom Klang von Buschtrommeln Gejagter - immer und immer wieder mit einem Keuchen bei jeder Anstrengung, die die Schnipsel noch kleiner machte. Dann schleuderte ich sie mit aller Kraft in die Tiefe unter mir. Ich wünschte, eine Ente würde an ihnen ersticken. Oder eine stämmige Ratte. Fast wand ich mich unter der Vision magerer Schultern, die im schwülen Licht wie im Fieber auf- und niederzuckten, begleitet von körperlosem Kichern, das kein Atemholen kannte.

Ich umklammerte das Brückengeländer und holte Luft wie ein Ertrinkender, bis mein Brustkorb zu bersten drohte.

„Hühner", schrie ich, „Hühner!"

Das Haus in Robin Hill

I.

Sonderbar, wie Gefühle an Häusern hängen können.

Dieser Gedanke ging mir durch den Kopf, als ich das Haus in Robin Hill zum ersten Mal sah. Vom Bahnhof her kam ich den Weg entlang, und da lag es vor mir, noch halb hinter Büschen und einer Reihe von Pappeln verborgen. Es war nicht der Baustil, der mich aufmerksam machte, obwohl er durchaus dazu hätte angetan sein können. Denn statt einer dunklen, viktorianischen Festung, wie ich es von einem Haus erwartet hatte, das in den achtziger Jahren von einem reichen Bürger erbaut worden war, erwartete mich ein gefällig proportioniertes Gebäude, das einen leichten und lichtvollen, beinahe südländischen Eindruck machte. Und da war noch mehr, das meine Aufmerksamkeit weckte: ein unbewusster Eindruck von lebendigen Mauern. Es klingt ungelenk, und genauso fühlte ich es, undeutlich, nicht zu greifen. Und es schwand, als die Büsche am Straßenrand zurückblieben und das

Haus offen vor mir lag. Am Gartentor wartete ich einen Moment, um mir Zeit zur Sammlung zu geben.

Der Gedanke an die Frau, der ich diese Einladung verdankte, und der Anblick dieses Hauses schienen sich so gar nicht zu vertragen. Als ich Mrs. Harwood einige Tage zuvor bei Piccadilly in die Arme gelaufen war, hatte ich an dem plötzlichen Wechsel ihres Gesichtsausdrucks sofort gesehen, dass ich in eine Falle getappt war. Nach einem kurzen Blick in meine Richtung - ich hatte schon gehofft, dieses Mal verschont zu bleiben - war ihr Kopf zurückgeschnellt, und mit vorgestreckten Schultern und glänzenden Augen war sie auf mich zugeeilt. Ich war stehen geblieben. Dem Schicksal entkam man nicht, und Mrs. Harwood betrachtete sich als eins seiner wirksamsten Werkzeuge. Kein Widerwort duldend, hatte sie mich mit sich in den nächsten Pub geschleppt. Mrs. Harwood liebte es derb.

„Dass ich Sie treffe", schrillte sie. „Der Himmel hat Sie mir geschickt! Zwei Bier, guter Mann."

Der Mann hinter dem Tresen gehorchte wortlos, wenn auch sein Blick umso wortreicher beklagte, wohin die Demokratie, die Emanzipation und überhaupt all dieses moderne Zeug England gebracht hatten. Eine Frau am Tresen! Zu Zeiten der guten, alten Vicky hätte es das nicht gegeben!

Mrs. Harwood kam sofort zum Thema. Sie redete nie um den Brei herum, das überließ sie den

Dummen und den Adeligen, wie sie selbst gern sagte. Eine gute Freundin von ihr, eine sehr gute Freundin, hatte einige Jahre zuvor ein Haus ein wenig außerhalb gekauft, ein sehr schönes Haus, aber so fremd für dieses nebelige Land. Der Architekt muss wohl Italien geliebt haben, dabei war Italien doch so fern und das Reisen damals so mühselig. Bei Gott! Ach ja.

Mrs. Harwood gehörte zur Klasse unbeschäftigter Ehefrauen reicher Ehemänner. Ihnen blieben in der Regel nur zwei Gebiete, um ihrem Tatendrang Ausdruck zu verleihen: die Wohltätigkeitsarbeit und die Kunst. Nach einem engagierten, aber kläglich gescheiterten Versuch mit den Kranken hatte sich Mrs. Harwood für die Welt der Künstler entschieden. Man traf da viel mehr Menschen - und so interessante Menschen. Nicht wie diese Kranken in den großen Sälen, die so bedürftig und so, na, hilflos waren. Nicht, dass ihre Künstler nicht auch bedürftig und hilflos waren, das hieß, kein Geld besaßen, aber, bei Gott, sie rochen besser und sie waren so viel unterhaltsamer. So viel amüsanter.

„Nun hat die Dame, von der meine Freundin das Haus übernommen hat, ihren Besuch angekündigt." Mrs. Harwood war etwas näher gerückt. „So schroff hat sie es natürlich nicht getan. Sie hat höflich angefragt, ob sie das Haus noch einmal sehen dürfe. Meine Freundin hat selbstverständlich zugesagt. Aber wie das so ist, ihre Lage ist nun etwas - delikat. Die Dame will nämlich ihren Sohn mitbringen. Stellen Sie sich das vor!"

Ich tat es, trotzdem sah ich das ‚Delikate' nicht.

„Meine Freundin hat die beiden zum Tee eingeladen. Aber was soll sie nur tun, wenn sich das alles zum Nachteil entwickelt."

Ihre Freundin hatte die Dame damals beim Kauf des Hauses nicht zu Gesicht bekommen, das war alles über den Anwalt gelaufen. Aber das war nicht allzu schlimm, mit Damen wusste man umzugehen, und eine Dame war diese Frau ganz zweifellos. Doch ihr Sohn! Man konnte nicht wissen, wie er sein würde.

„Bei Gott, wenn er - langweilig war!"

Das war allerdings ein Problem, versicherte ich Mrs. Harwood meines vollkommenen Verständnisses für die Lage ihrer Freundin.

„Da dachte ich", Mrs. Harwoods Stimme hatte an dieser Stelle das etwas tiefere Timbre angenommen, das nach Bruderschaft klang, „Sie müssten ungefähr sein Alter haben. Und Sie sind doch ein so vernünftiger, ruhiger Mensch. Wenn Sie dabei wären, gäbe das dem Ganzen einen, sagen wir - Rahmen. Sie verstehen."

Das letzte war eine Feststellung. Ich stimmte ihr auch in diesem Punkt zu, obwohl ich nicht ganz sicher war, dass ich meine Rolle als ‚Sagen wir - Rahmen' wirklich verstand. Aber hätte ich das gesagt, ich hätte eine Lawine von Erklärungen und Erläuterungen der gesellschaftlichen Regeln ausgelöst. Gesellschaftliche Regeln, ein Nachlass der Dummen und Adeligen! Sie selbst verstand sie auch nicht alle, gestand sie mir, und hätte sie am liebsten in toto über Bord geworfen, aber so war das mit diesen Konventionen. Man lebte nun einmal in dieser Zeit und musste das Beste daraus machen. Bei Gott! Ach ja.

An diese Worte dachte ich, als ich in Robin Hill am Gartentor stand. Gar so abgeneigt den Konventionen gegenüber, wie Mrs. Harwood tat - auch wenn sie ihnen gern huldigte, wenn sie fand, dass es der Situation und ihr selbst diente - war ich nicht. Ich betrachtete sie nicht als lästiges Korsett, sondern als durchaus zuweilen nützliches Regelwerk.

Und Italien musste in der Tat eine Leidenschaft des Architekten gewesen sein, überlegte ich bei dem Blick an der Fassade hinauf. Anders konnte ich mir die ungewohnte Leichtigkeit der Architektur nicht erklären.

II.

Ich klingelte, und das Mädchen öffnete mir. Ich nannte meinen Namen und wurde hereingeführt. Italien, fuhr es mir durch den Kopf. In der Mitte des Hauses lag ein großer Innenhof, von dem das Tageslicht durch Glasscheiben in eine Art von Galerie fiel, die sich rund um das Atrium zog. Was für eine Komposition! Über diesen Anblick hätte ich fast das Eintreten der Hausherrin übersehen.

„Sie haben ein einzigartiges Haus, Mrs. Whitelaw."

Ich war selbst überrascht von dem Überschwang in meinen Worten.

Mrs. Whitelaw entsprach zu meiner Befriedigung nicht dem Bild, das ich mir von ihr gemacht hatte, nachdem sie ‚eine gute, eine sehr gute Freundin' von Mrs. Harwood war. Sie war alt, mochte die Siebzig bereits hinter sich gelassen haben, doch sie hielt sich aufrecht und machte einen ruhigen, freundlichen Eindruck. Bei meinen Worten lächelte sie.

„Meine Freundin muss grenzenlos übertrieben haben", sagte sie. „Wahrscheinlich hat sie Ihnen gesagt, ich sähe diesem Tee händeringend entgegen."

„Ein wenig so war es", bestätigte ich, „aber ich vermutete bereits, dass sie übertrieb."

„Mrs. Harwood", Mrs. Whitelaws Lächeln nahm noch zu, „seien wir ruhig frei heraus, sie ist ein wenig hysterisch. Als ich ihr vom Besuch dieser Dame und ihres Sohnes erzählte, malte sie mir sogleich die schrecklichsten Bilder aus. Sie gibt sich so frei und ungebunden, doch wenn es ernst wird, reagiert sie wie eine Gesellschaftsdame von vor fünfzig Jahren." Sie blieb stehen und sah mich von der Seite an. „Nun hat sie also Sie ausgeguckt. Sie hat mir erst vor zwei Tagen mitgeteilt, dass sie mir jemanden schicken würde. Ich habe versucht, ihr diese Schnapsidee auszureden, aber sie war nicht davon abzubringen. Zum Glück hat sie Sie etwas vor der Zeit bestellt." Sie zögerte. „Gehören Sie zu ihrem - Künstlerzirkel?"

„Am Rande nur", antwortete ich, einigermaßen verblüfft von Mrs. Whitelaws Direktheit, „ich lernte sie bei einer Lesung kennen. - Mrs. Harwood erwähnte, dass Sie die ehemalige Besitzerin dieses Hauses damals nicht kennen gelernt haben. Dann wissen Sie nichts über sie."

Mrs. Whitelaw nickte. Wir waren auf die Terrasse hinausgetreten, die im Licht der Herbstsonne lag. Mit seiner Weitläufigkeit passte die Gartenanlage zu der großzügigen Gestaltung des Hauses. Einige Steinwürfe jenseits der Rasenflächen schloss sich ein loser Wald an, das Blattwerk seiner Kronen verfärbte sich bereits gelb und glitzerte im Sonnenlicht wie Blattgold.

„Die Dame schrieb mir aus Amerika. Sie und ihr Sohn leben in North-Carolina, anscheinend besitzt er dort Land." Gedankenversunken an einem Fingerring drehend, blickte sie zu einem Teich hinunter, der vor uns in einer Senke lag.

„Ein schönes Anwesen", sagte ich. „Es kann nicht leicht gewesen sein, es zu verlassen."

„Sicher nicht", entgegnete Mrs. Whitelaw nach einem Moment. „Ich wäre nicht in London geblieben, wenn ich dieses Haus nicht gefunden hätte. Ich habe lange an der Riviera gelebt. Als ich vor einigen Jahren nach England zurückkehrte, fürchtete ich zu ersticken bei dem Gedanken, den Rest meines Lebens in diesem Nebel zuzubringen. Ich hatte meine Koffer schon wieder gepackt, als mein Anwalt mir buchstäblich in letzter Minute von diesem Haus erzählte." Sie ließ ihren Blick wandern. „Das Haus, der Garten, die Lage etwas außerhalb - man vermeint fast, das Mittelmeer zu hören. Vielleicht geht es der ehemaligen Besitzerin nach all den Jahren noch genauso."

„Machen sie und ihr Sohn eine Europareise?"

„Nein", Mrs. Whitelaw schüttelte den Kopf. „Soweit ich das dem Brief entnehmen konnte, werden sie nur für einige Tage in London sein und dann nach Amerika zurückkehren." Sie reckte die Schultern. „So - und nun lassen Sie uns hineingehen. Die Dame schrieb, sie würden in einem Hotel am Strand logieren. Wenn sie ein Taxi nehmen, werden sie pünktlich sein."

Wir durchquerten das große, zur Terrasse hinausgehende Wohnzimmer, in dem der Tisch für den Tee gedeckt war, und gingen in den Salon auf der anderen Seite des Innenhofs. In unserem Haus auf Borneo hatten wir einen Raum mit ähnlicher Einrichtung, bei uns wurde es das Morgenzimmer genannt. Während wir warteten, unterhielten wir uns über Dinge, die das Gesellschaftsleben augenblicklich hergab. Der Situation entsprechend hätte es mühsame Konversation werden können, doch Mrs. Whitelaws zurückhaltende Höflichkeit ließ linkische Gefühle gar nicht erst aufkommen. Zum Schluss hatte ich den Eindruck, dass, wenn Mrs. Harwood mich als 'vernünftigen, ruhigen' Menschen bezeichnet hatte, ich in Mrs. Whitelaw einen Gemütsverwandten getroffen hatte.

Als das Mädchen kam und das Eintreffen der Gäste meldete, wusste ich neben anderem, dass der Grund für Mrs. Whitelaws Rückkehr nach England der Tod ihres Mannes, eines französischen Komponisten, gewesen war, mit dem sie lange Zeit in der Nähe von Nizza gelebt hatte. Die Unterhaltung war so belebend gewesen, dass mir der Besuch aus Amerika nur noch zweitrangig erschien, als ich hinter Mrs. Whitelaw in die Halle trat.

III.

Ein Irrtum, wie ich auf den ersten Blick sah. Die Dame und ihr Sohn standen im Bogen der Galerie und sahen in den Innenhof hinaus, so dass ich sie beide für einen Augenblick im Profil sah, ein Bild, das ich seitdem nicht vergessen habe.

Die Frau hatte ein schmales Gesicht mit geschwungenen Brauen, umgeben von schlicht frisiertem Haar, das früher golden gewesen sein musste, jetzt aber feine Strähnen von Grau zeigte. Obwohl sie einen Pelz trug, konnte ich ein Stück ihres Halses sehen, schlank und weiß. Mein Blick wollte schon zu dem jungen Mann an ihrer Seite wandern, als die Frau sich umwandte und mein Blick auf ihre Augen fiel. Sie waren dunkel und bildeten einen eigenartigen Kontrast zu ihrer hellen Haut und dem schimmernden Haar. Dabei strahlten sie in ihrer Tiefe eine Gelassenheit aus, wie sie nur innerem Gleichgewicht entspringen konnte. Ein leichtes Lächeln lag auf ihren Lippen, als sie Mrs. Whitelaw die Hand reichte und ihren Sohn vorstellte. Als ich an der Reihe war, kam ich dazu, den jungen Mann genauer anzusehen. Mrs. Harwoods Schätzung war nicht richtig gewesen. Er mochte an die zehn Jahre mehr als ich haben. Er überragte seine Mutter und hatte, obwohl es braun war, den gleichen goldenen Schimmer im Haar wie seine Mutter. Auch seine Augen ähnelten den ihren, obwohl sie nicht ihre Tiefe besaßen. Sein breiter Mund und das kantige Kinn schienen dagegen aus der väterlichen Linie zu kommen.

„Ich hoffe, wir bereiten Ihnen mit unserem Besuch keine Umstände, Mrs. Whitelaw", sagte er, als wir um den Innenhof herum zur Terrasse gingen.

Mrs. Whitelaw, die vorausgegangen war, winkte ab und bemerkte, wie glücklich es sie mache, Besuch zu erhalten. Derweil beobachtete ich die Mutter des jungen Mannes, die schräg vor mir ging. Ihre Bewegungen, die geraden Schultern, die Haltung des Kopfes, alles war ein wahrer Einklang. Die Umgebung war ihr vertraut, das sah ich an der Art, wie sie sich umblickte. Als sie in einer Fensternische stehen blieb, stand nicht die unwissende Neugier einer Fremden in ihrem Blick, sondern das Interesse der ehemaligen Bewohnerin gemischt mit sachtem Erstaunen, ungefähr so, als sah sie einen Menschen wieder, den sie in anderen Kleidern in Erinnerung hatte. Das verwunderte mich nicht. Das Haus mochte dasselbe geblieben sein, doch die Einrichtung war eine andere geworden, andere Möbel und Tapeten konnten eine Menge verändern.

Auf der Terrasse stellte sie sich an die Seite von Mrs. Whitelaw und ließ mit gefalteten Händen den Blick über den Garten wandern.

„Hier draußen haben Sie nicht viel verändert", sagte sie nach einem Rundblick.

„Verändert?" Mrs. Whitelaw schüttelte den Kopf. „So gut wie nichts wurde verändert. Der Garten gefiel mir, wie er war. Er passt so gut zu dem Haus. Der Architekt, der das Haus gebaut hat, muss den Garten damals mit angelegt haben."

In ihren letzten Worten klang ein fragender Unterton mit. Ich bemerkte einen schnellen Blick des jungen Mannes zu seiner Mutter. Diese erwiderte ihn nur flüchtig und sah wieder in den Garten hinaus. „Nein", erwiderte sie, „nicht, soweit ich weiß."

Vielleicht war es eine plötzliche Kühle, die Sonne hatte sich für Sekunden hinter Wolken verborgen, die sie die Arme verschränken und die Schultern hochziehen ließ. Ich wusste nicht. Die Unterhaltung stockte nach ihren Worten. Es wäre an mir gewesen, etwas zu sagen, denn zu diesem Zweck war ich eingeladen worden. Doch mir wollte nichts einfallen, nichts Geistreiches und auch nichts, um uns wenigstens die Stille vom Leib zu halten. Die Frau blickte, als hatten Mrs. Whitelaws Worte Erinnerungen geweckt. Schließlich war es ihr Sohn der das Gespräch neu entfachte. Mrs. Whitelaw nahm den Faden auf, und der Schatten war vorüber. Der junge Mann war zu seiner Mutter getreten. Obwohl sie sich nicht ansahen, während die Unterhaltung leichtfüßig jetzt wieder von einem zum anderen sprang, machte es auf mich den Eindruck, als wollte er seine Mutter beschützen, ihr beistehen. Eine eigenartige Deutung, doch ich fühlte es so.

Kurz darauf gingen wir ins Haus zurück und nahmen an dem zum Tee gedeckten Tisch Platz.

IV.

Mochte sie auch lange in Frankreich gelebt haben, in ihrem Geschmack war Mrs. Whitelaw sehr englisch geblieben. Wedgewood-Porzellan und silbernes Besteck, dazu Muffins und Heidelbeerplätzchen in Schalen. Daneben gab es eine Walnusstorte und einen gestürzten Apfelkuchen, eine Tarte Tatin - letztere, soweit ich sah, der einzige Hinweis auf eine französische Vorliebe. Wir hatten gerade erst Platz genommen, als das Mädchen schon mit dem Teewagen hereinkam.

„Sicher ist es Ihnen nicht leicht gefallen, solch eine Umgebung zu verlassen", sagte ich, während unsere Tassen gefüllt wurden. Als ich keine Antwort erhielt, blickte ich zu der Frau zu meiner Rechten. Ich fragte mich, ob ich, ohne es zu wissen, einen Faux-pas begangen hatte.

„Es ergab sich so", antwortete ihr Sohn. „England war erstickend – auf eine Weise."

„Ich weiß, was Sie meinen", sagte Mrs. Whitelaw und erzählte die Geschichte ihres Hauskaufs. „Wenn ich dieses Haus nicht gefunden hätte, ich wäre nicht in England geblieben."

„Es ist ein schönes Haus", sagte die Frau zu meiner Rechten. Ihr Blick glitt über die Wände, als suchte er eine Einzelheit ihrer Erinnerung wiederzufinden. „Und solide gebaut."

Ich wunderte mich, dass sie ein solches Detail erwähnte. Betrachtungen über die Bauart eines Hauses wollten in meinem Empfinden nicht zu ihrer Erscheinung passen.

„Das Haus macht auf jeden Menschen Eindruck", bestätigte Mrs. Whitelaw. „Wann immer ich Gäste habe, werde ich gefragt, wie ein so untypischer Bau nach England kommt. Einmal erzählte mir das Mädchen, dass ab und zu ein Mann die Straße entlangkommt, eine Zeitlang das Haus betrachtet und dann wieder seines Weges geht. Beim folgenden Mal habe ich mich von ihr holen lassen und mir den Mann angesehen, gepflegte Erscheinung, aufrechte Gestalt, grauer Schnurrbart, Zylinder - ein Gentleman. Dieses Haus scheint mehr geheime Bewunderer zu haben, als man annimmt. Vielleicht habe ich es ihm ja auch vor der Nase weggekauft. Wer weiß."

Der junge Mann hatte bei Mrs. Whitelaws Worten aufgehört zu kauen. Er sah zu seiner Mutter. Unauffällig folgte ich seinem Blick. Eine sonderbare Veränderung war in ihren Zügen vor sich gegangen. Auch sie hatte in der Bewegung innegehalten. Mit starrer Miene und unbewegtem Blick sah sie auf ihre Gabel nieder, wie ein Tier auf der Weide, das einen plötzlichen Regenguss ergeben erträgt, weil es wusste, dass weit und breit keine Zufluchtsstätte war.

„Haben Sie Land in Amerika", fragte Mrs. Whitelaw an den jungen Mann gewandt. „Wann immer ich höre, dass jemand nach Amerika gegangen ist, erfahre ich, dass er Land hat. Land muss es dort drüben im Überfluss geben."

Er wandte den Blick nur zögernd von seiner Mutter. „Ich habe ein wenig Land in North-Carolina", sagte er, „Pfirsichplantagen."

„Pfirsich", überraschte sich Mrs. Whitelaw, „wie außergewöhnlich."

Die Dame zu meiner Rechten hatte ihre Gabel beiseitegelegt und die Serviette genommen. Der sonderbare Moment war vorüber, nichts in ihrem Verhalten erinnerte mehr an die kurze Befangenheit. Wieder war Gefasstheit in ihren Zügen.

Trotz Mrs. Whitelaws beherzter Lebhaftigkeit und einigen Versuchen von meiner Seite, sie wieder anzufachen, begann die Unterhaltung bald zu erlahmen. Die Bemerkungen sprangen nicht mehr wie Bälle, die aufgefangen und zurückgeworfen wurden, sondern landeten elend zwischen uns, wo sie unbeantwortet liegen blieben.

„Sicher möchten Sie sich ein wenig umsehen, bevor Sie uns wieder verlassen", sagte Mrs. Whitelaw schließlich, und unbewusst fühlte ich erleichtertes Aufatmen. Eine merkwürdige Gesellschaft wir vier, dachte ich, ein merkwürdiger Nachmittag ohnehin.

V.

Wenig später standen der junge Mann und ich auf der Terrasse und blickten in den Garten. Seine Mutter und Mrs. Whitelaw waren nicht da, wahrscheinlich machten sie eine Runde durch das Haus. Ich sah ihn von der Seite an und versuchte seine Gedanken zu lesen. Was würde ich an seiner Stelle fühlen, wenn ich nach Jahren der Abwesenheit in dieses Haus zurückkehren würde? Ob mein Gegenüber seine gesamte Kindheit und Jugend mit all ihren Erinnerungen hier zugebracht hatte? Was mochte seine Mutter und ihn bewogen haben auszuwandern? England war erstickend. Nicht ein Land oder eine Stadt erstickten, dachte ich, ihre Menschen taten es.

Der dünne Nebel, der vorübergehend die Sonne verhangen hatte, war davongezogen, so dass ihr Gold in einer Andeutung herbstlichen Überflusses frei wurde. Als wollte sie angesichts des bevorstehenden Winters der Natur ein letztes, üppiges Geschenk machen.

„Sie schreiben", fragte der Mann plötzlich.

Ich hatte nicht bemerkt, dass er sich zu mir umgedreht hatte. „Nebenbei", erwiderte ich. Eine zu geringe Selbsteinschätzung ließ sich jederzeit korrigieren; eine zu hohe korrigiert zu sehen, war weniger amüsant.

Mein Gegenüber musste meine Gedanken erraten haben, jedenfalls glaubte ich das in seinem Blick zu lesen.

„Eine Stiefschwester von mir hat mit Kunst zu tun", sagte er. „Sie hat ein Atelier in Chiswick, direkt an der Themse. Sie kennt eine Menge Künstler. Ich gebe Ihnen ihre Adresse. Vielleicht sind die eine oder andere interessante Bekanntschaft darunter."

„Ihre Schwester blieb allein zurück, als Sie mit Ihrer Mutter nach Amerika gingen", fragte ich, während er schrieb. Ich konnte sein Lächeln sehen, als er ohne aufzublicken weiterschrieb.

„Nicht gerade allein", meinte er. „Sie, ihre bedürftigen Künstler und der gesamte Rest der Familie blieben zurück. Meine Mutter kam auch erst nach, als ich in British Colombia Fuß gefasst hatte."

„British Colombia?"

„Dort war ich, bevor ich nach North Carolina ging."

Ich bezweifelte, dass ich Gebrauch von der Adresse machen würde. Trotzdem nahm ich sie mit Dank entgegen. Seine Stiefschwester trug den gleichen Nachnamen wie er, las ich.

„Dieses Wiedersehen ist für Sie mit vielen Erinnerungen verbunden, nicht wahr?"

Er schaute mit zusammengekniffenen Augen an meiner Schulter vorbei. Ich folgte seinem Blick über eine Weide hinweg, hinter deren Kuppe die Dächer eines Wirtschaftshofes hervorragten.

„Mehr Erinnerungen, als mir lieb ist", entgegnete er. „Ich bin damals überstürzt abgereist, wissen Sie. Hinterher hat man das Gefühl, nicht richtig Abschied genommen zu haben." Er zögerte, er sah mich nicht an. „Bitte entschuldigen Sie mich jetzt, ich möchte noch ein wenig umhergehen. - Ob sie noch immer Pferde dort drüben haben?"

Die letzten Worte waren mehr zu sich selbst gesprochen, denn er hatte sich bereits abgewandt. Ich sah ihm nach, wie er in Richtung des Hofes davonging. Jeder Grashalm hier musste für ihn mit Erinnerungen verknüpft sein. Wie konnte ein Eindringling - im besten Fall Fremder - wie ich verstehen, was in ihm vorging. Ich stand eine Weile allein dort, dann beschloss ich, ebenfalls einen Spaziergang zu machen. Der Teich mit dem Wäldchen dahinter machte einen einladenden Eindruck. Das Licht der Sonne verlieh ihm einen Ausdruck in sich gekehrter Ruhe. Mir war zu Pfeifen zumute, als ich durch das Gras schlenderte.

VI.

Aus der beschatteten Kühle der Bäume mit den bemoosten Wegen trat ich auf die Wiese hinaus, wo Bäume nur vereinzelt standen, und folgte einem schmalen Pfad hügelan. Er führte zu einem Eichenbaum mit gewaltiger Krone, den ich vom Haus aus gesehen hatte. Er hatte der fortgeschrittenen Jahreszeit länger widerstanden als die Linden, doch auch seine Blätter waren angesengt vom herbstlichen Rot. Vor seinem Stamm blieb ich stehen. Ich überlegte, wie viele Jahreswechsel er wohl miterlebt hatte? Ich schätzte ihn auf mindestens einhundert Jahre. Wenn er mit Absicht gepflanzt worden war, dann mit dem Wissen, seine vollste Entfaltung nicht mitzuerleben. Seine Geschichte war nicht niedergeschrieben, zerstreut in alle Himmelsrichtungen mit den Menschen, deren Lebensweg unter seinem Geäst hindurch geführt hatte. Aber der Baum war geblieben.

Unwillkürlich erstarrte ich, als ich um den Stamm herumtrat. Wenige Meter entfernt standen eine alte Schaukel und eine Holzbank. Darauf saß die Mutter des jungen Mannes. Sie musste einen anderen Weg genommen haben, dass ich sie auf dem Weg von der Terrasse nicht gesehen hatte. Ich trat einen Schritt zurück und blieb, wo ich durch das Gebüsch geschützt war.

Hier draußen erschien mir die Anmut ihrer Erscheinung noch größer. Den schlanken Hals aufrecht, die Hände im Schoß gefaltet saß sie dort, den Rücken leicht durchgebogen wie gegen eine imaginäre Lehne gelehnt und ihre Anwesenheit allein schien die grobe Holzbank zu feinem Schnitzwerk werden zu lassen. Alles lag in sonderbarer Stille, und in der Ruhe und dem Schweigen, die sie umgaben, schien nur die Natur in leisen Worten zu sprechen. Und es war, als horchte die Frau. Durch eine Lücke im Blattwerk fiel Sonnenlicht auf ihren Platz. Wo die Strahlen ihr Haar trafen, schien es aufzulodern wie ein angerissenes Zündholz. Unwillkürlich hielt ich den Atem an.

Auf einmal kam Bewegung in ihren Körper. Sie löste die Hände voneinander und stützte sie auf die Bank, den Rücken noch gerader, das Gesicht erhoben, als suchte sie Entgegnung zu erhalten. Ihr Anblick hatte etwas merkwürdig Anrührendes an sich. Plötzlich schämte ich mich, sie wie ein Strolch aus dem Hinterhalt zu beobachten.

In diesem Moment entrang sich ihrer Kehle ein Geräusch - mehr als ein Seufzen, fast ein Klagen, das mir die Kehle zuschnürte. Das ganze Sehnen nach vergangener Liebe lag darin, so empfand ich es. Die Zeit hatte kein Maß, während sie dort saß.

Bevor die Frau schließlich aufstand, strich sie ein letztes Mal über das Holz der Bank, mit flacher Hand und vorsichtig, als fürchtete sie, es zu verletzen. Eine unbeschreibliche Sanftmut lag in dieser

Bewegung. Ich spürte, dies war ein Abschied, ein Friedensschluss mit der Vergangenheit.

Als sie aus dem Schatten des Baumes hervortrat und durch das hohe Gras den Hügel hinunterging, umfing das Sonnenlicht sie, ließ selbst ihr graues Kostüm zu schimmernder Farbe werden. Ich sah ihr nach und konnte den Blick nicht von der entschwindenden Gestalt wenden. Die Sonne, dachte ich, mit ihrem Überfluss überschüttete sie zum letzten Mal die Erde und die Menschen, als wollte sie sie gemahnen, was der Winter sie entbehren lassen würde: lauen Sommerwind, das Aroma blühender Gräser im Wind, das Summen nektartrunkener Insekten - das unvergleichliche Schweben des Herzens. Erinnerung ...

‚Sommer - Sommer - Sommer! Lautlose Schritte im Gras!'

VII.

Ich blickte zurück, als ich das Gartentor hinter mir geschlossen hatte und die Straße in Richtung Bahnhof entlang schritt. Ich war als letzter gegangen, die Frau und ihr Sohn hatten sich vor mir verabschiedet und waren mit einem Taxi in die Stadt zurückgefahren. Als die Frau mir zum Abschied die Hand gereicht hatte, waren ihre Augen wieder klar und gefasst gewesen. Keine Spur der Gefühlsäußerung, deren Zeuge ich geworden war.

Was für ein eigenartiges Haus, dachte ich, wie ich dort stand und zurückblickte. ‚Ein schönen Haus, aber so fremd für dieses nebelige Land', hatte Mrs. Harwood gesagt. Bei Gott, ach ja - die Beschreibung eines oberflächlichen Menschen. Ich bezweifelte, dass Mrs. Harwood in der Lage war zu empfinden, was dieses Haus in Robin Hill wirklich umgab. Dazu besaß sie zu wenig Hirn, und der kümmerliche Rest war trotz aller aufgesetzten Befreiung durchdrungen von Konventionen wie gepökelter Schinken von Salzlake. In ihrem Bemühen, Künstler um sich zu scharen, deren Musik interessant und deren Gedichte so modern waren, dass sie nicht nur Reim sondern auch Sinn verachteten, übersah sie die wahre Quelle aller Kunst - das Sehnen.

Dieses Haus hatte die Schicksale von Menschen gesehen, und sie waren Teil von ihm geworden. Ich verstand nun die Vorahnung bei meinem ersten Blick auf das Haus. Die Vergangenheit umgab dieses Haus, eine mächtige Vergangenheit, und sie besaß die Kraft, Menschen zu ‚berühren'. Ich hatte gesehen, dass sie konnte, dort unter der Eiche. Und auch mich - wenn auch nur sachte - hatte das Haus ‚berührt'. Möglicherweise war ich nicht der einzige Außenstehende, dem so geschah. Da war der Mann mit dem grauen Schnurrbart und dem Zylinder, von dem Mrs. Whitelaw gesprochen hatte. Ob auch er die Ausstrahlung des Hauses spürte, wenn ihn seine Geschäfte auf der Straße vorüberführten. Oder waren es noch ganz andere Gründe, die ihn immer wieder zu diesem Haus zurückführten?

Ich wusste nicht. Ich würde es nie erfahren. Das Haus glich dem Eichenbaum auf dem Hügel. Es hütete die Vergangenheit der Menschen, die es beherbergt hatte und ließ ihnen nur das Sehnen nach Vergangenem. Es selber würde schweigen.

Mit einem Blick auf die tief stehende Sonne wandte ich mich ab.

Sonderbar, dachte ich noch, wie Gefühle an Häusern hängen können.

Ebene und Abgrund

I.

Einige Menschen leben am Abgrund. Die meisten von ihnen führt das Schicksal nur kurz in die Nähe des Abgrundes und sie finden schnell in die weite Ebene zurück, die die üblichen Schlangenlinien des Lebens gutmütig erlaubt. Gnädigerweise erfahren diese Menschen selten von der drohenden Gefahr, denn sie würden verrückt werden bei dem Gedanken an einen Fehltritt und den drohenden Absturz. Sie können ihren täglichen Beschäftigungen nachgehen, ohne ihre Kraft in Angst oder das Aufrechterhalten einer Fassade investieren zu müssen.

Eine Minderheit dagegen schlendert über weite Strecken des Lebens nur eine Fußbreite vom Abgrund entfernt mit dem klaren Wissen darum. Und die Umstehenden schöpfen nicht den geringsten Verdacht, weil die Betroffenen - anscheinend ohne Nerven - mit einem Lächeln auf den Lippen leben.

Die Einladung der Hamiltons war kurzfristig gekommen, Mittwochabend durch einen Boten für eine Nachmittagsgesellschaft am folgenden Sonntag, das letzte Wochenende im Juni. Ich kannte Mr. Hamilton aus meinem Club, er gehörte zu jenen Menschen, die in ihrer Abwesenheit in den Unterhaltungen der anderen gern als ‚schräger Vogel' bezeichnet wurden. Was er ganz früher getan hatte, wusste ich nicht - anscheinend hatte er einige Berufe ausgeübt - augenblicklich jedenfalls brachte er Bücher heraus. Er selbst bezeichnete sich nicht als Verleger - vielleicht, weil er den Beruf nicht gelernt hatte und es nur als Beschäftigung auf Zeit betrachtete - er sprach von sich selbst immer als jemandem, der ‚Buchstaben an den Mann brachte'.

Lange Zeit hatte ich ihn nur oberflächlich gekannt. Wir waren uns oft an der Bar begegnet, manchmal beim Essen und immer, wenn ich von Zeit zu Zeit beim Rennen war. Daraus schloss ich, dass er ein Pferdefreund war. Als er mich zum ersten Mal um eine kleinere Summe Geld anpumpte, dämmerte mir, dass er möglicherweise eher ein Wettfreund war. Er zahlte mir das Geld nach wenigen Tagen zurück, und in den folgenden Monaten wiederholte sich dieser Vorgang mit unterschiedlich hohen Summen, wobei er mir jedes Mal mit dem geliehenen Geld eine kleine Anerkennung zukommen ließ: ein Buch, einen Brieföffner, eine Uhrkette. Ich denke, es war als eine Art Verzinsung des geliehenen Geldes gedacht. Ich fragte mich, ob er mich anpumpte, weil er nur augenblicklich nichts zur Hand hatte, oder ob er wirklich jedes Mal blank war. Letzteres hätte mich gewundert bei einem Verleger mit eigenem Büro in der City. Er war Witwer - seine Frau war einige Jahre zuvor an einer Herzerkrankung gestorben - er hatte eine Tochter, und seine Erscheinung war ausgesprochen respektabel. Mr. Hamilton war in den Fünfzigern, von mittelgroßer Statur, untersetzt, mit kräftigem Bauchansatz - und was sein Bauch nur andeutete, zeigte sein Gesicht bereits deutlich: Mr. Hamilton genoss gerne und ausgiebig. Er aß gerne, er trank gerne, anscheinend spielte er gerne. Diese Eigenschaften hätten ihn früh zu einem Außenseiter mit dem Makel der Leichtlebigkeit machen können, doch er behielt seine Schwächen für sich, was selbst die Moralisten im Club versöhnlich stimmte. Wer ihn als ruhigen und erfolgreichen Geschäftsmann sehen wollte, konnte dies tun, ohne sich als getäuscht betrachten zu müssen. Dass er diesem Bild nicht so ganz entsprach, mochte einem klar werden, wenn man es darauf angelegt hatte und einen diese Erkenntnis nicht schockieren konnte.

Einige Male hatte ich mich gefragt, warum er gerade mich um Geld anpumpte. Obwohl es nicht mehr ehrenrührig war, Geld zu borgen, hätte er es bei den meisten der älteren Clubmitglieder sicher nicht versucht. Ich schwankte eine Weile, aber schließlich fasste ich es als eine Art Wertschätzung auf. Er hielt mich für modern genug, nichts daraus zu machen, aber nicht für so modern, dass ich es herumerzählt hätte.

Einmal war ich in der City an dem Gebäude vorübergekommen, in dem sich sein Büro befand. Einem plötzlichen Impuls folgend, war ich stehen geblieben und hatte die Schilder am Eingang studiert. Es befand sich nur ein Verlag darunter und der nannte sich *Sisyphus Works*. Im Weitergehen überlegte ich, ob ich den Namen des Verlags schon einmal gehört hatte, denn er sagte mir rein gar nichts. Ein Name aus der griechischen Mythologie. Vielleicht verlegte Mr. Hamilton griechische Literatur oder schwer verdauliche Interpretationen altsprachlicher Klassiker, die den Menschen von heute so schwer im Magen lagen, dass er höchstens ein Dutzend im Monat loswurde. Kein Wunder, dass er sich Geld leihen musste. Später suchte ich in einer Buchhandlung nach Büchern des Verlages und wurde nicht fündig. Zuletzt fragte ich die Verkäuferin, die mich daraufhin zu den Bücherregalen führte, wo ich meist nicht stöberte. Ich war - überrascht.

Mr. Hamilton verlegte Bücher mit Liebesgeschichten vor dem Hintergrund meist unbedeutender Handlungen. Die Namen der Autoren sagten mir nichts, doch von dieser Art Büchern hatte ich schon viel gehört. Die Liebesgeschichten waren manchmal leicht, manchmal anzüglich und zuweilen dermaßen detailliert in der Beschreibung, dass ich mich beim Blättern in manchem Buch unwillkürlich umschaute, um zu sehen, ob ich beobachtet wurde. Schlicht gesagt: Mr. Hamilton verlegte

Schund. Aus - rein beruflichem Interesse kaufte ich einige Bücher.

II.

Die Hamiltons lebten in einem quadratischen Klotz von Wohnhaus, wie sie zu Victorias Zeit als bürgerliche Festungen erbaut worden waren. Der kleine Park mit Mauer und schmiedeeisernen Gittern zur Straße hin war schön gestaltet und gut gepflegt und milderte den Eindruck des Hauses ein wenig. Von einer Hausangestellten wurde ich durch das Haus hindurch in den großen Salon geführt. Die Flügeltüren an seiner Seite standen weit offen und führten auf die Terrasse, wo gedeckte Tische unter Sonnenschirmen standen. Obwohl ich pünktlich war, waren schon an die zwanzig Gäste anwesend und einige von ihnen machten den Eindruck, als waren sie schon seit Stunden da. Zwei junge Frauen räkelten sich mit Limonadegläsern in den Händen in Liegestühlen auf dem Rasen. Eine Gruppe junger Männer in weißen Sommeranzügen und den Hüten im Nacken stand am Rand der Terrasse. Einer von ihnen lachte, ein anderer ging mit einer Flasche in der Hand herum und füllte die Gläser nach. Die Hausangestellte war zu einer Gruppe getreten, die auf der anderen Terrassenseite im Schatten stand und einen Moment später kam eine junge Frau auf mich zu.

„Mein Name ist Catherine Hamilton", begrüßte sie mich. „Mein Vater sagte, dass Sie kommen würden. Leider ist er noch nicht zurück. – Er ist auf einen Sprung fort", fügte sie erklärend hinzu. Sie nahm mich beim Arm und wir gingen zu der Gruppe, von der sie gekommen war. „Einige Gäste, die wir zum Lunch hatten, sind geblieben. Einige Gäste für den Tee werden noch kommen, jedenfalls hoffe ich das. Heutzutage gilt Pünktlichkeit ja schon fast als Zumutung. Vater meinte, er sei bald wieder da, aber jetzt ist er schon seit drei Stunden fort. Weiß Gott, was wieder dazwischen gekommen ist."

Sie stellte mich den Frauen und Männern der Gruppe vor, jemand bot mir ein Glas an und ein anderer füllte es mir ungefragt. Alle hatten etwa mein Alter, einige der Frauen waren jünger und alle redeten sich mit Vornamen an, obwohl sie sich - den Unterhaltungen nach zu urteilen - kaum genauer zu kennen schienen. Alle befanden sich in einem Zustand angespannter Langeweile, wie er modern war.

„Ich habe kürzlich eine Ausstellung von Epstein gesehen", sagte ein Mann, der an der Steinbalustrade der Terrasse lehnte und einen blasierten Eindruck machte. „Ich frage mich, worüber man sich bei ihm aufgeregt hat. Er hat sich doch schon beinahe überholt."

„Ich fand ihn damals sehr modern", entgegnete eine junge Frau, bei der ‚damals' höchstens zwei

Jahre bedeuten konnte. „Allerdings erschien mir die Nacktheit seiner Skulpturen schon damals zu plakativ, um wirklich aufzuregen."

„Aufregen", sagte Catherine Hamilton. „Gibt es überhaupt etwas, was dich aufregen kann, Susan?"

„Letzte Woche hat sie sich aufgeregt", sagte der Mann neben ihr. „Auf der Party bei Lulu war sie die einzige mit altem Haarschnitt. Alle anderen Frauen hatten das Haar schon bleistiftstummelkurz und gefärbt und nur Susan stand wie ein Pudel da. Der Abend war kurz."

Susan stieß dem Mann mit dem Ellenbogen in die Rippen, aber sie schien ihm die Bemerkung nicht übel zu nehmen.

„Bei Lulu war ein Dichter, den ich sehr interessant fand", sagte ein anderer Mann. „Die Zeilen über den Telefonmasten im Regen, die er zusammen mit dem Pianospieler vorgetragen hat, fand ich sehr ehrlich, sehr - kraftvoll."

„Und in ihrer Knappheit fast sinnlich", stimmte eine andere junge Frau zu. Sie hatte ein Bein auf den Fuß des Sonnenschirms hochgestellt und lehnte mit den Unterarmen auf ihrem Oberschenkel. Dabei nippte sie an ihrem Glas, ohne den Arm zu heben. „Obwohl ich den Mann insgesamt doch überbewertet finde."

„Ich glaube, Dein Vater kommt", sagte jemand in die Richtung von Catherine Hamilton.

Ich wandte mich um und sah die Angesprochene ihrem Vater entgegenlaufen. Untergehakt zog sie ihn von Gruppe zu Gruppe, wo er einigen die Hand schüttelte, anderen auf die Schulter klopfte. Als sie zu unserer kleinen Gruppe traten, stritt man sich gerade um die Bedeutung eines Künstlers, den ich nicht kannte.

„Hallo, Mr. Hamilton", sagte einer, „wir können uns nicht einigen, ob Spencer den Ruf verdient, den er genießt. Sagen Sie etwas dazu. Ist er nur ein Schreiberling oder hat er Wert?"

Mr. Hamilton nahm einen Schluck aus dem Glas, das ihm jemand gereicht hatte und trank den Inhalt wie Wasser. Erst dann antwortete er.

„Erstens könnte ich nichts sagen, das Sie annehmen würden, da für Ihre Altersklasse alles relativ ist. Was immer ich sagen würde und Ihnen nicht passen würde, würde hinweg gewischt werden. Und zweitens ist meine Generation noch zynischer als Sie glauben, dass Ihre Generation es ist. Für Sie gibt es Literatur erst seit diesem Jahrhundert, und das Wort Klassiker ist ein Schimpfwort. Ich dagegen glaube überhaupt nicht mehr an die Literatur, für mich gibt es nur noch Buchstaben in Gruppen."

„Du sollst nicht so reden, Vater", sagte seine Tochter laut und knuffte ihn mit der Faust. „Wie soll unsere Generation etwas aus diesem Land machen, wenn Deine Generation so ohne Hoffnung daherredet."

„Hoffnung habe ich. Den Glauben habe ich aufgegeben."

„Glaube und Hoffnung", sagte der Mann, der sich über Epstein ausgelassen hatte, „hängen die nicht zusammen? Wenn Sie an nichts mehr glauben, wie wollen Sie dann auf etwas hoffen?"

„Gut sogar. Ich werde nicht mehr enttäuscht, wenn sich die Hoffnungen nicht erfüllen."

„Jetzt hört endlich auf", rief Catherine Hamilton und warf einen Cracker in Richtung des Mannes. „Vater, wo bist Du die ganze Zeit gewesen? Seit drei Stunden schlage ich mich mit diesem Volk allein herum, das säuft und herum philosophiert."

Ein Brummen ging durch die Runde, jemand sagte ‚Hört, hört', aber niemand war ernstlich getroffen.

„Ich habe Pferde von der Seite und Damenhüte von hinten beobachtet."

„Du warst wieder beim Rennen!"

Mr. Hamilton war beim zweiten Glas, er legte den Arm um die Schulter seiner Tochter.

„Rege dich nicht auf, Liebes, und gönne mir die einzige Möglichkeit, die einem heute noch bleibt, das Schicksal herauszufordern."

Später entwickelte sich eine Unterhaltung über einen modernen Dichter, die zuweilen auflodert wie ein Strohfeuer, um dann wieder in wenig ambitionierter Langeweile zu versinken. Ich stand etwas abseits, als Mr. Hamilton sich nach mir umwandte und mit drei Schritten zu mir schlenderte.

„Ich war nicht sicher, ob Sie kommen würden. Einige der anderen aus dem Club hätten eine Einladung von mir sicher abgelehnt und wären sich moralisch hochstehend vorgekommen."

„Wie hätte ich nicht kommen können", meinte ich. „Meine Generation hat doch keine hindernde Moral mehr, oder?"

Mr. Hamilton musterte mich einen Moment.

„Woher auch? Von meiner Generation sicher nicht."

„Warum glauben Sie, dass Ihre Generation keine Moral mehr hat?"

Mr. Hamilton zögerte mit der Antwort, aber es war kein Zögern des Überlegens sondern ein Zögern, um in Ruhe einen Blick in die Runde zu werfen. Auf dem Rasen hatte sich eine Gruppe von Männern zu den beiden Frauen in den Liegestühlen gesellt.

„Jedenfalls nicht die Moral", sagte er zuletzt, „die man landläufig meint."

„Landläufig?"

„Sich beschränken und geduldig auf morgen warten."

„Eine skeletthafte Definition", meinte ich. „Man könnte streiten darüber."

„Sie meinen, streiten wie die anderen hinter uns? Scheingefechte ohne Einsatz?"

Ich versuchte in den Gesichtszügen meines Gegenübers zu lesen.

„Sie haben eine schlechte Meinung von Ihren Gästen", sagte ich schließlich.

„Ich habe von meinen Gästen gar keine Meinung. Ich beurteile Menschen lediglich nach ihrem Verhalten, und jeder von denen hier tut das, was jeder heute tut. Man nimmt sich, was man bekommt ohne einen Gedanken an morgen. Genießen, wegwerfen."

Vom Rasen her drang ein Schwall von Gelächter herüber. Einer der Männer schob mit der Nasenspitze einen Eiswürfel über den nackten Bauch einer der Frauen in den Liegestühlen. Anscheinend musste ein bestimmter Parcours eingehalten werden, denn die Umstehenden riefen lauthals Ratschläge.

Ich bemerkte Mr. Hamiltons Blick auf mir.

"Unabhängig davon", sagte ich, „wenn Sie glauben, dass Ihre Generation keine Moral mehr besitzt - haben Sie sie freiwillig aufgegeben?"

„Sicher nicht", erwiderte er langsam. Sein Blick war plötzlich schmal geworden. „Man hat sie meiner Generation genommen im Krieg, in einer Hölle ohne Sinn. Ein Schicksal, das einem im kalten Schlamm der Schützengräben von Flandern die Zehen wegeitern lässt, während man jeden Tag erneut Körperteile von Kameraden einsammelt, um sie halbwegs anständig zu verbuddeln mit einem Gebet auf den Lippen, das man nicht mehr versteht." Er stockte, als hatte er den Faden verloren. „So ein Schicksal nährt keine Moral."

„Ich habe nicht gewusst, dass Sie im Krieg waren."

„Macht das einen Unterschied? Was ist eine Moral wert, die im Sonnenschein glänzt, aber das Schlachtfeld nicht aushält? Ich kenne mehr Nuancen des Geruchs vom nassen Schlamm der Schützengräben als von Blumen. Ich konnte am Gestank von Arm- und Beinstümpfen sagen, wie lange der Kamerad noch leben würde. Und am Klang des Pings an meinem Helm konnte ich das Kaliber des Heckenschützen bestimmen. Vielleicht meinen Sie ja eine andere Moral als ich. Aber gibt es überhaupt eine Moral, die einem hilft, sich nach durchwachten, bitterkalten Nächten immer wieder neu seine Menschlichkeit zu erkämpfen in dem Bewusstsein, dass man am Abend wie an unzähligen Abenden zuvor als angstkrankes Tier enden und die nächste Nacht ohne Schlaf erwarten wird? Welche Moral gibt einem Kraft, immer wieder bei Null anzufangen, während man mehr und mehr im stinkenden Treibsand der Gräben versinkt."

Mr. Hamilton räusperte sich, wie wenn man zu schnell gesprochen hatte und die Kehle trocken war.

„Entschuldigen Sie mich."

Ohne Gelegenheit zu einer Erwiderung ließ er mich stehen. Ich sah ihn sich abwenden und quer über die Terrasse gehen. Jemand hatte seinen Namen gerufen. Ich beobachtete ihn, wie er wieder lächelnd mit jemandem anstieß, eine Bemerkung erwiderte, von irgendwoher ein volles Glas in der Hand. Seinen Worten nach zu urteilen hätte er verbittert oder wütend oder wenigstens erschöpft klingen müssen, aber der Ton seiner letzten Sätze war distanziert gewesen wie bei einer Analyse einer Geschäftsbilanz oder einer politischen Situation. Dass diese Analyse sein eigenes Leben betraf, hätte einem entgehen können.

III.

„Mein Vater sagte mir gestern, dass er jemanden aus seinem Club eingeladen habe. Er muss viel von Ihnen halten, denn von den Clubmitgliedern redet er sonst nicht gerade vorteilhaft."

Catherine Hamilton war über den Rasen in den entfernten Winkel hinter dem Springbrunnen gekommen, wo ich stand und die Gesellschaft beobachtete.

„Hält er sie für...?" Mir fiel das passende Wort nicht ein.

„Er hält sie für Snobs", sagte Catherine Hamilton geradeheraus. „Die meisten von ihnen sind Aristokraten und in der heutigen Zeit ist das fast das letzte, was sie uns normalen Menschen noch voraushaben und sie bestehen auf diesem Unterschied. Außerdem", sie schickte ihren Blick suchend über die Anwesenden, „kaum einer von ihnen war im Krieg."

„Der Krieg hat Ihren Vater anscheinend stark geprägt", bemerkte ich.

„Hat er Ihnen davon erzählt?" Sie sah mich fragend an. „Er spricht eigentlich nicht viel über die Kriegsjahre, aber wenn er sich hinreißen lässt, bekomme ich anschließend Alpträume. Es übersteigt die Vorstellungskraft eines normalen Menschen, was die Soldaten durchgemacht haben. Schlecht ausgebildet, schlecht ausgerüstet unter Vorgesetzten, deren einzige Qualifikation der Name ihrer Universität war. Manchmal besuchen uns Kriegskameraden meines Vaters. Einer hat keine Beine mehr. Er lacht am meisten von allen, aber einmal, als er sich unbeobachtet glaubte, habe ich ihn weinen gesehen. Ein anderer war viele Jahre mit einem Granatenschock in einem Sanatorium in Edinburgh und ist noch immer kaum lebensfähig. Und einer von ihnen ist erst vor wenigen Wochen gestorben. Er war Morphinist, wegen einer Kopfverletzung. Zuletzt war er immer weniger geworden, als hatten die Fieberanfälle und Delirien das Fleisch von seinen Knochen geschmolzen. Seitdem ist mein Vater besonders zynisch."

„Hält Ihr Vater deshalb nichts von Herkunft und Titeln?"

Sie nickte.

„Eigentlich gibt er nichts auf Äußerlichkeiten. In dem Club ist er nur, weil er dort Stille finden kann, wenn es ihn danach verlangt. Die City ist ihm zuweilen zu - laut." Jetzt sah sie mich direkt an. „Sie sind wirklich der erste aus dem Club, den er eingeladen hat."

Ich erwiderte ihren Blick, doch ich wusste nicht, was ich auf ihre Worte erwidern sollte. „Interessieren Sie sich für Kunst", fragte ich nach einer Weile.

Nach einem Moment des Nachdenkens sagte sie mit einem Schulterzucken: „Ich glaube, ich interessiere mich genauso für Kunst, wie sich heute die meisten Menschen für Kunst interessieren."

„Sie meinen, Sie verstehen nichts davon."

Sie warf mir einen Blick zu. „Das war deutlich."

„Ich meinte es nicht unhöflich. Aber für die meisten Menschen ist heute alles relativ, auch die Kunst. Aus Angst, nicht die Überzeugung der Mehrheit zu haben, wird jede Meinungsäußerung über Kunst relativiert. Ob es Malerei, Literatur oder Theater betrifft - wenn einem etwas gefällt, misstraut man dem eigenen Eindruck, weil Kunst ja unverständlich und wenn überhaupt, nur intellektuell über Umwege der Interpretation erschließbar sein darf. Und wenn einem etwas nicht gefällt, misstraut man dem eigenen Eindruck ebenfalls, weil man eigentlich Dilettant ist und man den Wert möglicherweise nicht erkennt. Die Folge ist in beiden Fällen, dass man seine Meinung immer unter dem Vorbehalt äußert, dass eigentlich das Gegenteil zutrifft. Erinnern Sie sich an die Unterhaltung eben? Epstein, einerseits modern, andererseits plakativ; der Dichter mit dem Telefonmasten im Regen, einerseits sinnlich, andererseits überbewertet."

„Wenn man Sie so reden hört, könnte man meinen, Sie seien Kritiker und nicht Autor."

„Ein Kritiker kritisiert Künstler."

„Und Sie kritisieren deren Bewunderer?"

„Echte Bewunderer kritisiere ich nicht. Echte Bewunderer stehen mit ihrer Meinung allein und verteidigen sie. Heute verteidigt niemand mehr seine Meinung. Heute findet man gut, was modern ist, immer bereit abzuspringen, wenn sich ein neuer Trend abzeichnet. Alle leben schnell und wie in einer Angst vor einem Unheil."

„Sie reden wie mein Vater."

Ich zögerte mit meiner Antwort.

„Vielleicht, wenngleich ich glaube, Ihr Vater und ich ziehen unterschiedliche Schlüsse."

Sie konnte nichts mehr antworten, denn ein Mann kam über den Rasen auf uns zugeschlendert.

„Seien Sie nett zu ihm", sagte Catherine Hamilton zu mir, „er mag moderne Kunst."

„Catherine, wo bleibst du", sagte der Mann, als er bei uns war. „Wir haben gerade über das Bild unserer Nation diskutiert. Du hättest es gemocht."

„Peter Ashford", stellte Catherine ihn vor. „Und was ist das Bild der Nation, Peter?"

„Wir sind ein einziger Widerspruch. Wir sind das Land des sozialen Tumults und des Generalstreiks, bei dem Herzoginnen Lastwagen fuhren, aber wir hängen an unserem kleinen Leben und fürchten nichts mehr als einen Bruch der gesellschaftlichen Grenzen und den sozialen Abstieg; der Rest der Welt jenseits unserer Insel interessiert uns nicht sehr, aber für das kleine Belgien werfen wir alles über Bord und treten in den Krieg ein; die anglikanische Kirche zählt zum Fundament unseres Landes, aber unsere Helden Graham und Evelyn treten zum Katholizismus über. Unsere ganze Nation ist verrückt geworden, Catherine."

„Es ist eben alles relativ, Peter", entgegnete die Angesprochene mit einem Blick in meine Richtung. „Einerseits bist du beschwipst, Peter, andererseits denke ich, unsere Nation ist nicht verrückt, sondern lediglich nervös. Das ist ein Unterschied. - Und jetzt gehen wir alle zivilisiert zurück zu den anderen, bevor wir ins Streiten geraten."

IV.

Mr. Hamilton vertrug eine Menge. Wo immer ich ihn stehen sah, bot man ihm volle Gläser an und er wies sie nicht ab. Er lachte, er trank, und manchmal stand er nur da und beobachtete die Umstehenden, während diese erhitzte Diskussionen führten, und wenn er manchmal die Unterhaltung mit einer scheinbar harmlosen Bemerkung anheizte, glaubte ich, er registrierte das Ergebnis mit Interesse. Ich beobachtete ihn ausgiebig und einmal, als hatte er meinen Blick gespürt, wandte er sich abrupt um und blickte mir direkt in die Augen. Er lächelte, hob sein Glas in meine Richtung und wandte sich wieder um. Mr. Hamilton war mir ein Rätsel. Aus der Ferne sah ich, wie er zuweilen zu seiner Tochter hinüberschaute, die jetzt auf der Terrasse mit Peter Ashford zusammenstand. Er sah lange hinüber, und von der Seite konnte ich ein wenig in seinem Blick lesen. Aber ich wurde nicht schlau.

Später stand ich bei einer Gruppe bärtiger, junger Männer, die diskutierten, Laski zitierten und sich einvernehmlich beklagten, dass Labour „damals" alles falsch gemacht habe. Nichts gegen die Kommunisten - auch wenn die Woolf für den Daily Worker wohl mehr zur Unterhaltung als aus Überzeugung geschrieben habe und die wöchentliche

Postsendung vom Left Book Club für viele nur modisches Accessoire war - aber statt die Sowjetunion anzuerkennen und sich von den Konservativen aus der Regierung fegen zu lassen, hätte man besser die angekündigte Erhöhung der Vermögenssteuer eingeführt und endlich das Eigentum gerechter verteilt.

„In die Verlegenheit, dass unsere Bücher vom Left Book Club verschickt werden, werden wir wohl beide nicht geraten", sagte Mr. Hamilton hinter mir.

Ich wandte mich um. Ich hätte nicht sagen können, wie lange er bereits dort gestanden hatte.

„Nein", meinte ich, „ich verstehe nichts von Politik. Und die Helden der Bücher Ihres Verlages haben - grundlegendere Interessen."

Mein Gegenüber lachte.

„Haben Sie schon mal was von meinen Autoren gelesen?"

„Ich habe einige Bücher - überflogen."

„Damit sind Sie einer der wenigen Menschen, der Bücher meines Verlages liest und es zugibt."

„Wie lange verlegen Sie schon Bücher", fragte ich, ohne auf seine Bemerkung einzugehen.

„Ein paar Jahre erst. Erst habe ich Bücher von Tür zu Tür verkauft, dann habe ich in einem Verlag gearbeitet, und als ich begriffen hatte, wie es funktioniert, habe ich meinen eigenen Verlag gegründet."

„Dann haben Sie früher einen anderen Beruf gehabt?"

„Ich war Rechtsanwalt, vor dem Krieg, und ich glaubte damals, ich würde es für immer bleiben. Das Leben war eine Ebene mit festem Boden bis zum Horizont und das Recht galt überall. - Ich wurde begeistert Soldat." Er schwieg einen Moment. „Danach habe ich nichts mehr länger als drei Jahre gemacht. Ich konnte nichts mehr durchkämpfen. Ich fing immer wieder von vorn an."

Ich beobachtete mein Gegenüber. Mr. Hamiltons Blick war plötzlich abwesend, als blickte er in seine Vergangenheit.

„Wie Sisyphus", meinte ich.

Er fixierte mich und sein Blick war wieder klar. „So ungefähr." Und dann setzte er hinzu: „Sie haben einen Blick für Details. Das ist mir schon bei Ihren Büchern aufgefallen. Drei sind es jetzt, oder?"

„Haben Sie sie gelesen?"

„Alle. Ich wollte wissen, worüber die Idioten im Club fachsimpelten."

Er wartete, doch ich tat ihm nicht den Gefallen zu fragen, wie er meine Bücher gefunden hatte. Ich musterte ihn und - als schien er meine Gedanken zu lesen - begannen seine Augenwinkel zu zucken, je länger die Pause andauerte.

„Nun also, da ich bekannt habe, Ihre Bücher zu kennen", sagte er schließlich, „müssen Sie bekennen, wie Sie meine Bücher finden? Welche schlimmen Adjektive würden Sie finden, wenn Sie eine Rezension schreiben müssten?"

„Einige Darstellungen und Beschreibungen sind recht - heftig."

„Und?"

„Ich frage mich, ob das notwendig ist."

„Ich weiß nicht, was notwendig ist. Ich weiß, was sich verkauft."

„Entscheiden Sie allein nach diesem Kriterium?"

„Nicht allein. Aber wir leben in einer Zeit der Dammdurchbrüche. Niemand will mehr die alte Ordnung. Ohne eine Richtung zu wissen, stolpern alle vorwärts und in der Angst, als unmodern zu gelten, versucht jeder der erste zu sein, der die nächste Barriere niederreißt. Je heftiger die Darstellung, desto besser."

„Liest Ihre Tochter die Bücher Ihres Verlages?"

Mr. Hamilton lächelte.

„Sie findet sie grässlich. Ich wollte sie als Autorin gewinnen, aber sie will nicht. Manchmal gestaltet sie die Einbände."

„Das klingt", meinte ich, „als wären Sie der Meinung, jeder könnte schreiben."

„Es kann jeder schreiben. Jeder schreibt heute. Kunst entsteht nicht mehr aus Inspiration, sondern aus Langeweile. Ich bekomme Manuskripte von Telefonistinnen, Arbeitern, Adeligen, Rechtsanwälten. Kein Thema ist trivial genug. Und jeder will heftiger sein als alles Bekannte. Was gestern noch die Moral in den Grundfesten erschütterte, gilt heute schon als anstößig bürgerlich. Gestern haben wir die Suffragetten noch verhaftet, heute haben Frauen das Wahlrecht. Als Fry die Postimpressionisten vorstellte, bezeichnete man ihre Werke als seicht, unfähig und stumpfsinnig und die Kritiker wollten sie verbrannt sehen. Heute erzielen Cézanne, Matisse und Gauguin die besten Preise. Und die Ausstellung in der Grafton-Galerie ist noch nicht lange her. - Und was Literatur betrifft, ich wette, wenn Remingtons letztes Buch unzensiert erschiene, würde man sich trefflich darüber aufregen und es morgen schon als bourgeois betrachten und seine Erwähnung auf Partys zum Gähnen reizen."

„Haben Sie es gelesen?"

„Ich habe eine italienische Erstausgabe. Und Sie?"

Ich zuckte mit den Schultern. „Ich mag Remington nicht."

„Ich wette, Sie haben es trotzdem gelesen."

„Billigen Sie es?"

„Was? Die Darstellung oder die Intention?"

„Sowohl als auch."

„Die Frage ist, ist das wirklich die Frage", entgegnete er. „Oder nicht vielmehr, muss der Leser vor der Möglichkeit beschützt werden, sich eine eigene Meinung zu bilden."

„Sie setzen voraus, dass alle Leser in der Lage sind, diese Möglichkeit zu nutzen."

Mr. Hamilton musterte mich mit verzogenen Lippen wie bei einem innerlichen Lachen. „Sie haben es erfasst. Und ich gehe noch weiter. Die eine Hälfte der Leser halte ich für zu dumm für eine eigene Meinung, die andere Hälfte für zu eingebildet. Wenn ich noch Überzeugungen hätte, würde ich die Menschen verachten, aber da ich es nicht besser weiß, krabbele ich mit ihnen und bedauere uns alle."

V.

Peter Ashford schien ein guter Freund von Catherine Hamilton zu sein. Manchmal, wenn sie zusammen irgendwo standen, legte er seinen Arm um ihre Schultern, und sie schien es ganz normal zu finden. Da niemand sonst sich das herausnahm, musste er wohl besondere Rolle spielen.

Catherine Hamilton gab mir wie ihr Vater Rätsel auf. Als ich die Einladung zu dieser Gesellschaft erhalten hatte, hatte ich mir Gedanken gemacht, wie die Tochter eines Mannes sein würde, der Witwer war, anzügliche Bücher verlegte, wettete, gerne gut aß und viel trank. Zu einer genauen Vorstellung war ich nicht gelangt, aber das verschwommene Bild, das ich hatte, stimmte ganz und gar nicht mit dem überein, was ich vorgefunden hatte. Es hätte eher zu der Frau gepasst, auf deren nacktem Bauch die Männer mit Eiswürfeln gespielt hatten. Ich fragte mich, wie sie reagiert hatte, als ihr Vater ihr angeboten hatte, für seinen Verlag zu schreiben. Vielleicht hatte er gemeint, sie solle sich ein paar der Bücher durchlesen, damit sie das Muster kenne, und dann - vielleicht unter einem Pseudonym - Ähnliches verfassen. Da ich wusste, um welche Art von Literatur es ging, war ich nicht weit davon entfernt, Mr. Hamiltons Meinung zu teilen, dass zu diesem Handwerk prinzipiell wahrscheinlich viele Menschen fähig waren. Doch diese Arbeit der eigenen Tochter anzubieten, war eine andere Sache. Ob sie schockiert oder gelangweilt reagiert hatte? Wenn sie schließlich auch nicht schrieb, so kümmerte sie sich doch um die Gestaltung der Einbände, wie Mr. Hamilton es ausgedrückt hatte. Das bedeutete, sie musste eine künstlerische Ader haben, denn die Zeichnungen von Damen in offenen Blusen, die zurückgelehnt und mit geschlossenen Augen in den Armen von Männern mit kräftiger Brust deren Küsse erwarteten, waren ganz ohne Talent nicht hinzubekommen. Diese Überlegungen gingen durch meinen Kopf, während ich Catherine Hamilton aus der Entfernung beobachtete.

Und ich fragte mich wieder, wer oder was eigentlich dieser Ashford war.

•

„Ich fand das Stück wirklich interessant", sagte eine Frauenstimme hinter mir. Ich wandte mich um. Hinter mir standen drei junge Frauen, die unter demselben Sonnenschirm Schutz vor der prallen Sonne gesucht hatten. Sie hielten die obligatorischen Gläser in den Händen mit Limonade und bunten Cocktails.

„Auch wenn ich zugegebenerweise die Handlung nicht ganz begriffen habe", setzte die eine hinzu. „Diese Theaterstücke ohne Kulissen finde ich manchmal recht verwirrend."

„Und wenn die Schauspieler nur noch diese allegorischen Kostüme tragen, muss man immer erst nachdenken, wer gerade spricht."

„Wenn sie überhaupt noch viel Kostüm anhaben", sagte die dritte.

„Wenn sie überhaupt noch viel anhaben", betonte die erste mit einem Lachen, in das die anderen wissend einstimmten.

„Catherine fand das Stück langweilig", sagte die zweite Frau, „aber sie tut sich ja überhaupt schwer mit den neuen Sachen."

„Wenn es nach Catherine ginge, wäre die Zeit stehen geblieben und man würde in Soho noch heute in jedem dritten Theater über ein Coward-Stück stolpern."

„Ich begreife gar nicht, was die Leute damals an Noël gefunden haben."

„Vielleicht bekehrt Peter sie ja noch."

„Wenn's nicht mal ihr Vater geschafft hat", gab eine Frau zu bedenken. „Habt ihr das letzte Buch von Leonora Sukowa aus Mr. Hamiltons Verlag gelesen? Der Name muss ein Pseudonym sein. Wie die Gräfin am Ende des Buches am Seeufer im strömenden Regen den Holzfäller verführt ..."

„Ich hätte erwartet, dass so etwas zensiert wird."

„Dabei halte ich die Darstellung lediglich für sehr - naturalistisch", sagte die Frau, die auf Catherine Hamiltons Vorliebe für Noël Coward hingewiesen hatte. „Ich finde, man sollte das objektiv beurteilen. Wir leben doch nicht mehr unter Gladstone."

„Man kann nur froh sein, nicht unter diesen merkwürdigen Menschen damals gelebt zu haben", bekräftigte eine andere.

„Soweit ich weiß, hat Catherine für alle Leonora Sukowas die Umschläge gemacht. Ob sie das aus der Hand macht, oder ob sie Modelle hat, die ihr sitzen?"

„Du meinst Modelle, die in den Posen sitzen wie auf den Einbänden", fragte eine Frau ein wenig atemlos.

„Das machen heute viele. Eine Freundin von mir sitzt dreimal pro Woche einem französischen Maler von kubistischen Akten. Sie verdient gut damit und niemand erkennt sie."

„Dann hat vielleicht der Mann auf dem Einband des zweiten Leonora Sukowa stundenlang Catherine gesessen."

Ich kannte den Mann auf dem Einband des zweiten Leonora Sukowa nicht, aber er musste Qualitäten haben, denn seine Erwähnung in diesem Zusammenhang machte für einige Sekunden alle drei Frauen sprachlos. Schließlich hörte ich eine seufzen.

„Ich gehe rüber", sagte sie. „Möchte noch jemand Limonade?"

VI.

Peter Ashford war ein kalter Fisch. Zu dem Ergebnis gelangte ich, je länger ich ihn beobachtete. Außer Hörweite und nur nach Gestik und Mimik geurteilt, war er die perfekte Fleischwerdung gepflegter Langeweile, wie sie für die Mittelschicht Mode und für die Oberschicht Religion war. Seine Haltung war gerade, aber nicht so rigide, dass er nicht wie eine Strohpuppe in allen Gelenken wackeln konnte, als sei ihm alles egal. Seine Gestik war spärlich, aber ein angedeutetes Schulterzucken drückte bei ihm mehr aus als drei Sätze, und ein Blähen der Nasenflügel mit geschürzter Oberlippe reichte ihm, um die Äußerung eines anderen lächerlich zu machen. Als ich in seiner Nähe stand, war es seine Stimme, die ich wiedererkannte als die eines Menschen, der seine Meinung vertrat mit der überheblichen Sicherheit, dass die anderen es auch nicht besser wussten und er deshalb nie einer Falschaussage bezichtigt werden würde. Er war ein typischer Kaminphilosoph. Ich sah ihn pointiert auflachen, als ein blasser, junger Mann mit dicken Brillengläsern sich selbst als befreiten Atheisten bezeichnete.

„Sind Atheisten nicht immer noch Deisten, solange sie sich über das definieren, was sie nicht sind", fragte er. Er lächelte dabei leicht. Ich war mir sicher, dass ihm sein Wortspiel mehr Genuss verschaffte als der Anblick seines Gegenübers, der ihn mit großen Augen durch seine Brillengläser fixierte.

„Es gibt keinen Unterschied zwischen Anders-Sein und Das-Gegenteil-Sein", erwiderte der schließlich. „Wer das Gegenteil ist, ist anders."

„Aber er ist nur anders, weil er nicht das Gegenteil ist. Wenn es das Gegenteil nicht gäbe, wäre er nicht anders. Vielleicht wüsste er nicht einmal, was er wäre und dass er es wäre. Wenn er aber nicht weiß, dass er etwas ist, oder ihm dies erst angesichts des Gegenteils deutlich wird, ist dann dieses bestimmte Sein nicht bedeutungslos?"

Die Frauen in der Gruppe kicherten, als sie den perplexen Gesichtsausdruck des Mannes mit den Brillengläsern sahen.

„Du verwirrst ihn", sagte eine.

„Aber die Deisten sind es doch", beharrte dieser, „die sich über das Gegenteil definieren. Die Religion ist nur ein psychisches Phänomen des menschlichen Unterbewusstseins, um alles Unerklärliche auf eine unsichtbare Macht zu projizieren und dann Gott zu nennen."

„Unser Freund hat Freud studiert", warf jemand ein.

„Und dieser Mechanismus hat sich erst später entwickelt", fuhr der Mann mit Brille unbeirrt fort. „Ursprünglich waren wir alle atheistische Naturmenschen. Die Religion ist nur eine durch die

Machthaber kultivierte Vorstellung, um die von der Gesellschaft unterdrückten Triebe durch eine Lehre angeblicher Belohnung im Jenseits weiter zu unterdrücken. Wir Atheisten sind der eigentliche Ursprung. Anhänger einer Religion sind die Andersartigen!"

Ich beobachtete Ashford, der mit leicht zusammengekniffenen Augenlidern das Kinn einzog, als lachte er jetzt innerlich. „Ich dachte, du seiest befreiter Atheist, James. Wer sich befreien muss, kann nicht als erster da gewesen sein."

„Aber gerade deshalb bin ich ...", wollte der Angesprochene auffahren.

„Für einen Befreiten hast du ziemlich rote Backen, James", sagte Peter Ashford.

„Jetzt hört auf, ihr beiden", rief eine der Frauen, und jemand stieß den Mann mit der Brille an und hielt ihm ein gefülltes Glas hin.

„Wenn Du eine neue Theorie über das Leben hast, lässt du mich teilhaben, ja, James?", sagte Peter Ashford und stieß mit seinem Glas leicht gegen das des Mannes mit den Brillengläsern, der das wohl oder übel geschehen lassen musste. Mit gelangweilt suchendem Blick sah Ashford sich um. Ich folgte seinem Blick und sah ihn an Catherine hängen bleiben, die am anderen Ende des Gartens mit ihren Freundinnen stand.

Ich drehte mich um und stieß beinahe mit Mr. Hamilton zusammen, der sich an dem Tisch mit den Häppchen und Getränken zu schaffen machte.

Wieder wusste ich nicht, wie lange er schon dort gestanden hatte. Trotz seiner Statur verstand er es, sich unauffällig zu bewegen.

„Wir Engländer ernähren uns ungesund", bemerkte ich mit einem Blick über die Tabletts, die in der Zwischenzeit nachgefüllt worden waren und wieder vor gebackenen und bunt verzierten Süßigkeiten strotzten.

„Ja, seitdem uns die Wissenschaftler sagen, welche Vitaminpräparate wir eigentlich jeden Tag nehmen müssten, fällt uns erst auf, wie weit von der Natur entfernt wir leben. Wahrscheinlich ist der Naturmensch da drüben der einzige, der sich richtig ernährt."

Ich fixierte Mr. Hamiltons Gesichtszüge. Anscheinend hatte er die ganze Unterhaltung mitbekommen.

„Wenn Naturmensch ist, wer an nichts Höheres glaubt, ernährt sich nicht nur der eine richtig", meinte ich.

„Da mögen Sie wohl Recht haben." Mr. Hamilton zuckte mit den Schultern. „Am Ende seiner Entwicklung kehrt der Mensch zu seinen Wurzeln zurück. Eines Morgens werden wir aufwachen, und unsere Daumen können nicht mehr opponieren." Er zögerte einen Moment, als stellte er sich diese Möglichkeit bildlich vor. „Und trotzdem ist es ein Unterschied", sagte er dann, „ob man das Menschsein aufgibt oder ob es einem genommen wird."

„Sie meinen, es ist ein Unterschied, ob man aus Langeweile oder aus Verzweiflung den Glauben verliert?"

Es war eine intuitive Erwiderung - ich wusste selbst nicht ganz, wie ich zu diesen Worten gekommen war - doch ich schien Mr. Hamiltons Gedanken getroffen zu haben. Er sah mich an und dann sah er in die Ferne und begann auf einmal zu sprechen.

„Ich war ein Mann mit einem Glauben an die Gewissheiten dieser Welt. Ich habe mich zum Krieg gemeldet, weil ich an die Sache geglaubt habe und mein Land Hilfe brauchte. Aber dann setzten wir über den Kanal und ohne Vorwarnung steckten wir im unvorstellbaren Dreck der Schlachtfelder und sahen einen Krieg, von dem zuhause niemand gewusst hatte. Der Kontinent war durchpflügt wie ein riesiger Acker, der für die Saat vorbereitet wird. Kameraden wurden schon am Tag der Ankunft zu Dutzenden abgeschlachtet. Glücklichere wie ich gruben Tag für Tag und Woche für Woche die Schützengräben weiter durch den Schlamm der Front. Der Tod war allgegenwärtig. Täglich verscharrten wir Kameraden mehr recht als schlecht, oder jedenfalls die Teile von ihnen, die wir finden konnten. Die, die von Heckenschützen erwischt worden waren, waren wenigstens in einem Stück und stanken nicht. Manche andere wurden von Granaten so zerstört, dass sie einfach verschwanden. Kein Stück Fleisch, kein Stück Kleidung, kein

Stiefel blieb zurück, nichts. Ein guter Kamerad, den ich in der Armee gewonnen hatte, verschwand bei einem solchen Angriff spurlos. Wir waren bei unseren Kanalratten gewesen - so nannten wir unsere Tunnelgräber - und hatten einen Tunnel inspiziert, der hinter deutsche Linien vorangetrieben worden war und nun tonnenweise Ammonal enthielt, um die deutschen Frontgräben darüber zur Hölle zu schicken. Doch es kam nicht zur Sprengung. Ein deutscher Granatenangriff pflügte durch unsere Linien, als wir den Tunnel gerade verlassen hatten. Ich wusste, wo mein Kamerad in Deckung gelegen hatte, als in der Nähe eine Granate niederging. Es blieb nichts von ihm, was ich hätte begraben können. Als ich nach einigen Stunden suchen ging, fand ich einen halben Schädel, aber es war nicht seine Haarfarbe, einige Fleischklumpen mit ein wenig Haut und eine Hand, die auch nicht seine war. Mein Kamerad war einfach verschwunden, pulverisiert mit seinem Blut in die belgische Erde gesickert.

Noch heute erscheint er mir nachts wie auf der Suche nach seinen Resten oder seinem Grab oder etwas anderem, das ihn aus diesem Zustand befreien könnte. - Solche Dinge geschahen fast täglich. Wer lange genug Mensch und in der Lage blieb zu denken, begriff, dass das kein Krieg mehr war, sondern vielleicht ein Experiment oder so etwas. Eine Art Versuchsanordnung, um zu sehen, wie viel Schmerzen, Leid, Kälte, Hunger, Schlaflosigkeit und Verzweiflung man Menschen zumuten konnte, bevor sie den Glauben verloren und wieder zu Tieren wurden, die um den Tod des anderen beteten, um nur selbst verschont zu werden. In den schlimmsten Momenten dachte ich: So, das muss es jetzt gewesen sein, Schlimmeres kann nicht kommen, nun ist es gut, der Versuch ist beendet, die Menschheit geschlagen, zurück zum kleinen Leben. Aber immer ging es weiter. Ein paar Stunden Schlaf, eine Feuerpause. Jede kleine Veränderung der Versuchsanordnung zog einen mit sich voran und einen Tag weiter und in die nächste neue Grausamkeit, die man sich zuvor noch nicht hatte vorstellen können."

Mr. Hamilton machte eine Pause und wandte den Blick zur Seite, wo Peter Ashford stand und über eine Bemerkung eines anderen lachte.

„Ich konnte danach nie wieder an etwas glauben. Als ich nach dem Krieg meine Arbeit wieder aufnehmen wollte, las ich die Paragraphen in den Gesetzbüchern und verstand sie nicht mehr. Sie erschienen mir wie von einer anderen Welt. Ich kannte die Ursachen und ich kannte die Wirkungen, aber ich begriff nicht mehr ihre Wechselwirkungen. Ich fing andere Dinge an, aber schließlich scheiterte ich an den Härten und ließ es und begann wieder Anderes und so fort."

„Aber Sie haben nicht aufgegeben", sagte ich. Es waren die einzigen Worte, die mir einfielen.

„Doch, ich habe aufgegeben. Ich will hier nichts mehr werden. Dieses Leben erträgt mich nur noch, und in den schlimmen Momenten ertrage ich das Leben nur noch. Seit meine Frau tot ist, ist es nur noch Catherine, für die ich weitermache. Wäre sie nicht, würde ich meine Sachen packen, irgendwo auf dem Land Obstbäume und ein paar Hühner haben und bescheiden auf das Ende warten. - Der Baum der Erkenntnis ist nicht der des Lebens", setzte er bei meinem Blick hinzu.

„Ich kann mit Byron nichts anfangen", sagte ich. Ich hatte das Zitat erkannt.

„Nicht? Auf dem Kontinent verehrt man ihn."

„Was interessiert mich der Kontinent."

„Dort mag man seinen Cocktail von Auflehnung und Melancholie."

„Verfeinert mit dem Gift von Defätismus und Selbstmitleid."

Den Blick abgewandt blinzelte Mr. Hamilton, als dachte er darüber nach.

„Ich begreife das Leben nicht mehr", sagte er schließlich. „Im Gegensatz zu Peter Ashford. Für Peter ist das Leben eine monumentale Farce. Er will das Leben genießen, er saugt es aus wie eine tropische Frucht. Und er will dafür keinen Finger rühren. Er lässt sich von keinen hinderlichen Gedanken irgendeiner Moral einschränken, nicht einmal der Moral der Vernunft. Ich halte mich für ernüchtert, daraus mache ich keinen Hehl, vielleicht sogar für zynisch, aber Peter Ashford ist von Anfang an ohne all das gewesen. Ich denke, er und die meisten seiner Generation sind im neutralen Sinn amoralisch. - Wir Engländer meiner Generation sprechen nicht gern über Religion, da halten wir uns für - ordentlichere Leute als die Iren oder die Italiener. Und wenn wir darüber reden, dann mit einem unangenehmen Gefühl im Inneren. Aber Peter verspottet die Religion, er verspottet den Geist, die Vernunft, alles, was seinen Trieben und seinem Egoismus im Weg ist."

„Er ist ein kalter Fisch", sagte ich. „Meinen Sie das?" Als Mr. Hamilton nicht antwortete, setzte ich hinzu: „Man könnte meinen, Sie mögen ihn nicht besonders."

„Wenn es so wäre, wäre ich wohl nicht der einzige, nicht wahr?"

Er musterte mich. Ich antwortete nicht.

„Ich verstehe ihn einfach nicht", fuhr Mr. Hamilton fort, als hatte er keine Antwort erwartet. „Er ist wie die meisten anderen ein Kind seiner Zeit. Niemand glaubt heute noch an irgendetwas. - In meiner Generation sind die Gewissheiten gestorben und Ihre Generation hat sie erst gar nicht erworben. Aber so lebt man nicht lange. Es scheint ein Naturgesetz zu geben, das Spott und Überheblichkeit nicht unbegrenzt zulässt. Sie kennen sie nicht anders, aber ich sehe diese Zeit mit einem unwohlen Gefühl im Bauch wie nach zu viel Sahnetorte an einem faulen Sonntagnachmittag. Sie ist ein Intermezzo. Es ist, als ob ein Unheil auf uns zukommt, dessen Schwere wir uns nicht vorstellen können und das uns aus Mitleid noch eine Weile in Sicherheit wiegt, bevor es zuschlagen wird. - Wie soll ich Peter da Vorwürfe machen? Er wird sie sich früh genug selbst machen."

„Soll das eine Entschuldigung sein?"

„Eine Erklärung vielleicht." Er sah mich schweigend an. „Es ist eine Schande", sagte er dann. „Wie soll ich meiner Tochter nur Rat geben, wenn ich selbst manchmal wahnsinnig werde, weil ich nicht mehr begreife, was vor sich geht."

Er blickte über die Rasenfläche, wo unter einem Sonnenschirm seine Tochter stand. Dann bemerkte er meinen fragenden Blick.

„Ich dachte, Sie wüssten es", sagte er mit gehobenen Augenbrauen. „Catherine und Peter sind verlobt."

VII.

Während ich die Gäste sich in unterschiedlichen Konstellationen und Allianzen den Nachmittag vertreiben sah, musste ich denken, dass Catherine Hamilton sie am besten beschrieben hatte. Sie waren nicht einfach nur gelangweilt, sie waren nicht einfach nur rastlos - sie waren nervös, während sie die Zeit totschlugen. Niemand saß oder stand lange irgendwo. Keiner konzentrierte sich ganz auf seine nähere Umgebung. Jeder spähte mit einem Auge zu den anderen Gruppen im Garten, um zu sehen, wo sich möglicherweise neue Gruppen bildeten, die man nicht verpassen durfte. In der Sorge, ein Gespräch oder einen der lustigen Zeitvertreibe zu verpassen, bewegten sie sich ungerichtet hierhin und dorthin wie Atome, die unsichtbaren Anziehungskräften folgten. Je mehr ich darüber nachdachte, desto mehr kam ich zu dem Schluss, dass die Welt im Kleinen, die uns die Physiker jetzt mehr und mehr nahe brachten, nur eine andere Beschreibung der Welt im Großen war. Atomen gleich schienen die Gäste beliebig in der Wahl ihrer Umgebung, immer bereit, kurzfristig ihre Bindungen zu ändern.

„Und wie gefällt es Ihnen", fragte Catherine Hamilton.

Ich wandte mich um. Ich hatte sie nicht kommen gesehen. Catherine Hamilton machte sich an dem Tisch mit den Süßigkeiten zu schaffen, rückte Gebäck von unterschiedlichen Tellern zusammen, damit sich Lücken schlossen. Mit einem Auge sah sie zu mir.

„Sie haben alle Einbände der Leonora Sukowas gestaltet", fragte ich. „Verzeihung", setzte ich schnell hinzu, als ich ihren Blick sah, „es ging mir gerade durch den Kopf."

„Das habe ich in der Tat", entgegnete sie, „und ich weiß, dass mich einige darum beneiden. Aber es ist ganz unspektakulär. Ich mache das nach Fotos aus Filmen und ich ändere einfach die Perspektiven und die Kleidung und die Gesichtsausdrücke ein wenig. Das geschieht alles am Schreibtisch."

„Dann hat Ihnen niemand Modell gesessen?"

„Nein." Sie lächelte. „Zu den Zirkeln gehöre ich nicht. Obwohl ich weiß, dass einige hier dies annehmen."

Ich sah sie genau an, weil ich wissen wollte, wie sie die Bemerkung meinte. „Ihr Vater hat Ihnen angeboten, für seinen Verlag zu schreiben. Warum haben Sie abgelehnt?"

„Das hat er Ihnen erzählt?" Sie schaute in die Ferne wie auf der Suche nach ihrem Vater. „Er hat mich wirklich gefragt, aber er erzählt es sonst nicht herum. - Kennen Sie die Bücher von *Sisyphus Works*?"

„Na ja." Ich zögerte. „Ja."

„Kennen Sie auch ihr Schicksal?"

„Das Schicksal der Bücher?"

„Das Schicksal der Bücher. Wenn sie neu sind, werden sie mit niedergeschlagenem Blick aus unseren Händen gerissen, danach verkaufen sie sich für einige Monate gut und zuletzt will sie niemand mehr und wir stampfen die restlichen ein. Wir streichen sie aus dem Programm und die Menschen, die sie gekauft haben, verheimlichen ihren Besitz, weil sie anzüglich sind, oder werfen sie weg, weil sie im Vergleich zu den nachkommenden Büchern altmodisch sind. Die Bücher verschwinden nach einer Weile, als wären sie nie da gewesen."

„Sie meinen, Sie wollen ihre Zeit nicht auf Vergängliches verwenden."

„So ungefähr. Jedenfalls nicht auf etwas, das eigentlich kein Gebrauchsgut sein sollte."

„Die Umschläge der Bücher verschwinden aber auch."

„Ja." Catherine Hamilton schob zwei leere Gebäckteller ineinander. „Aber meinem Vater gibt es das Gefühl, er helfe mir ein wenig, auf eigenen Beinen zu stehen. Das freut ihn." Sie machte eine kurze Pause, als dachte sie nach. „Mein Vater scheint wirklich viel von Ihnen zu halten. Er erzählt Ihnen Dinge, von denen er eigentlich der Meinung ist, sie gehen andere Leute nichts an. Wissen Sie, ich glaube manchmal, er hat das Gefühl, er sei ein schlechter Vater. Durch die Arbeiten, die er mir verschafft, will er mir eine Zukunft ermöglichen. Er sagt, eine Frau müsse einen Beruf und eigenes Geld haben und auf eigenen Füßen stehen."

„Na, wenn er so etwas im Club erzählt", meinte ich. „Kein Wunder."

„Er hat seine Meinungen, und ihn stört nicht, was andere denken. Aber an manchen Tagen verliert er den Glauben an sich selbst und alles andere dieser Welt. Er sagt, es sei seit dem Krieg, aber es ist noch schlimmer, seit Mutter tot ist. Und dann dauert es einige Tage, ihn darüber hinweg zu bringen und wiederaufzubauen. Es braucht - Mitleid. Damit er jedes Mal wieder beginnt, diese Welt so zu nehmen, wie sie ist und nicht zu viel zu fragen."

Ich beobachtete, wie sie nach diesen Worten in Gedanken von einem Sonnenschirm zum anderen schaute, als sah sie im Geiste die Situationen, in denen ihr Vater diese Hilfe gebraucht hatte, um den Lebensmut neu zu finden. Mein Bild von Catherine Hamilton war gänzlich über den Haufen geworfen.

Ich folgte ihrem Blick und sah ihn bei Peter Ashford hängen bleiben, der gerade beim Führen einer großen Rede mit seinem Glas ausholte.

„Bestimmt ist Ihnen Peter Ashford eine große Hilfe dabei", meinte ich.

Catherine Hamilton sah kurz zu mir und wieder fort.

„Nein", erwiderte sie dann, „eigentlich nicht." Sie nahm die leeren Gebäckteller. „Eigentlich gar nicht."

Sie wandte sich ab, bevor ich noch ein Wort sagen konnte.

VIII.

„Wenn wir uns das nächste Mal im Club sehen, dann trinken wir mal etwas Richtiges zusammen", sagte Mr. Hamilton zu mir, als der Nachmittag in den Abend überging und die Hälfte der Gäste sich bereits auf den Weg nach Hause begeben hatte. Auf dem Rasen saß eine Gruppe von Männern und Frauen auf drei im Dreieck gestellten Sonnenliegen. Hier und da standen noch einige andere Gäste beisammen. Aber man war träge. Der Sonntagnachmittag war herumgebracht, es gab nichts mehr zu verpassen. Der Heimweg konnte getrost in Angriff genommen werden. „Ich kenne den Barkeeper im Club ganz gut. Er mixt ein paar anständige Cocktails. Gute, alte Cocktails." Mr. Hamilton drehte sein leeres Glas in den Fingern. „Die ganzen neuen Cocktails kann ich nicht mehr auseinanderhalten, all diese Manhattans, White Ladies und Screaming vampires. Alle vierzehn Tage gibt es neue, die man getrunken haben muss. Aber sie sind nichts gegen die guten, alten Cocktails."

„Bleiben Sie im Sommer in der Stadt", fragte ich.

„Ich habe viel Arbeit. Diesen Sommer werde ich arbeiten, damit die Neuausgaben für den Herbst fertig werden. Aber Ende Herbst werden meine

Tochter und ich für ein paar Wochen nach Italien fahren."

„Rom?"

„Vielleicht auch Rom. Geplant haben wir den Norden - Verona, Florenz, Venedig. Wer weiß, wie lange man noch reisen können wird. Waren Sie schon einmal in Italien?"

Ich schüttelte den Kopf. „Italien kenne ich nur aus den Erzählungen englischer Winterflüchtlinge und von Turners Bildern. - Und Sie? Ist es für Sie die erste Reise?"

„Für Catherine wird es die erste Italienreise sein. Aber ich war oft mit meiner Frau da." Mr. Hamilton stellte sein Glas auf den Tisch ohne es nachzufüllen und drehte es mit dem Fuß auf dem gestärkten Leinen. „Wissen Sie, meine Frau hatte es mit dem Herzen. Ich war in den Jahren nach dem Krieg oft mit ihr in den besten Kurorten für solche Leiden - Spa, Bad Nauheim, auch Antibes. Aber irgendwann konnten wir beide das morbide Um-sich-selbst-Kreisen der anderen nicht mehr ertragen. Da sind wir einmal fast ausgebrochen aus dem Kreis der demütig Todgeweihten und sind einfach ungeplant nach Venedig gereist. Jeden Tag sind wir in Gondeln gefahren, haben zu Fuß Gassen erkundet, Kaffee im Schatten von Bogengängen an Piazzas getrunken und haben den Katzen zugesehen, die sich auf den Steintreppen räkelten, als wären sie es, die unsere Anwesenheit duldeten und nicht umgekehrt. Im Fenice haben wir modernen Tanz gesehen. Das war nur wenige Jahre, nachdem sich in dieser vergoldeten Üppigkeit die Futuristen noch Schlägereien geliefert hatten. Ileana Leonidow hieß die Tänzerin, die wir sahen, im Nachhinein wahrscheinlich nur irgendeine der nachgemachten Russinnen, die wie viele andere damals mehr recht als schlecht versuchten, Diaghilew nachzumachen. Aber damals waren wir begeistert. Damals war Venedig voller Revolutionsflüchtlinge und Russisch die zweite Umgangssprache und es wimmelte von Adeligen im Exil mit Namen auf Ows, Owitschs und Inskys. Die ganze Stadt war getränkt von einer Stimmung melancholischen Heimwehs. Das Leben schien umso leichter, weil es nichts mehr zu verlieren gab. Sterben erschien unbedeutend, einfach wie der letzte Schluck eines guten Cocktails. Da konnte man den Tag auch genießen, wie er gerade kam, und diese Stimmung ging auf uns über. Es war ein reines Abenteuer, so federleicht und ohne Anstrengung."

Jemand rief und Mr. Hamilton drehte sich um und winkte zwei Frauen, die Richtung Haus strebten und ihm einen Gruß zugerufen hatten. Wir sahen den beiden nach und bekamen mit, wie ein Mann sich von ihnen mit einem „Wir sehen uns bei Lulu" verabschiedete.

„Weiß der Henker, wer von ihnen Lulu war", bemerkte Mr. Hamilton mehr zu sich selbst. „Aber sie war hier, meine Tochter hat sie mir heute Nachmittag vorgestellt."

„Eine Freundin Ihrer Tochter?"

„Nicht gerade. Wer in der Gesellschaft den Ton angibt, hat keine Freunde. Lulu-wer-auch-immer ist eine dieser Sammlerinnen erfolgloser Künstler, die sie bei bottle partys um sich schart und nur den verkommensten unter ihnen die Ehre gewährt, auf dem Fauteuil mit ihr Absinth zu schlürfen."

„Auch eine Sorte von Flüchtlingen, die nichts zu verlieren hat, oder?"

„Die verkommenen Künstler oder deren Sammlerinnen?"

Ich musste lächeln.

„Ich meinte die verkommenen Künstler. Wenn Sie mich aber so fragen, trifft es wahrscheinlich auch auf deren Sammlerinnen zu."

„Heute trifft es wohl auf alle Menschen zu. Man hat das Gefühl, dass alle auf der Flucht sind und aus Angst, den entscheidenden, letzten Zug hinaus zu verpassen, auf alles aufspringen, was sich anbietet, Hauptsache es bewegt sich schnell genug, egal in welche Richtung."

„Ihre Tochter bezeichnete diese Gemütsverfassung unseres Volkes als nervös. Das scheint mir recht treffend."

„Es ist nicht mehr nur nervös, es ist fast schon persönlichkeitsgespalten. Nach außen hin hält jeder das normale Leben aufrecht, aber zuhause übt man sich bereits im Nähen von Verdunklungsvorhängen und plant die Evakuierung aufs Land. Heute gibt es noch Lebensmittel und Törtchen im Überfluss zu haben, aber die Experten bereiten schon Rationierungspläne für den Ernstfall vor und denken sich Dinge aus, wie zum Beispiel, dass man weniger Butter braucht, wenn man das Brot mit der gebutterten Seite nach unten isst, weil die Zunge dann direkten Kontakt mit der Butter hat und weniger davon den gleichen Geschmack hat. Und es werden noch mehr solcher Ratschläge kommen, warten Sie's ab."

„Sie glauben, es wird Krieg geben?"

Mr. Hamilton nickte einer weiteren Gruppe von Gästen zu, die sich aus der Entfernung verabschiedete. Dann wandte er sich um und sah durch den weitläufigen Garten zu den wenigen noch verbliebenen Gästen hier und dort. „Ich halte den Krieg für unausweichlich. Keiner will ihn, aber wir waren zu lange zögerlich. Vor kaum einem Jahr haben wir die Tschechoslowakei geopfert, und was hat es gebracht? Einen Aufschub zwar, aber dass wir nichts wissen von den Menschen in einem weit entfernten Land, wird uns nicht ewig schützen. Der Fahrplan steht. Wenn Sie die Nase mal von den Törtchen abwenden, riechen Sie dann nicht den Krieg?"

Ich antwortete nicht auf seine letzte Frage. „Und werden Sie dann in der Stadt bleiben?"

Es war fast ein Lächeln auf Mr. Hamiltons Lippen, aber ich kannte ihn nun zu gut, um nicht den Zynismus darin zu sehen. „Ich habe den letzten Krieg überlebt. Ich habe nichts mehr zu befürchten." Und dann sah er mich direkt an. „Ich habe meine Geheimnisse. Soll ich Ihnen eines anvertrauen? Alles, was hier heute Nachmittag gegessen und getrunken wurde, wird auf einer Rechnung stehen, die morgen in meiner Post sein wird. Mein kleines Geheimnis ist, ich habe kein Geld." Er zog seine Geldbörse aus der Tasche und öffnete sie meinem Blick. Sie war leer. „Ich habe heute beim Rennen alles Geld verloren, was ich besitze. Mein Auto habe ich als Pfand zurückgelassen. Die Münzen für ein Taxi hat man mir ausgelegt. Rücklagen besitze ich nicht, die Verlagsräume in der City beherbergen nichts von Wert und dieses Haus ist gemietet." Er sah meinen Blick. „Nein, Catherine weiß es nicht. So etwas sage ich ihr nie. Sie würde sich Sorgen machen. - Heute ist Sonntag, heute geht die Welt nicht unter."

Mit suchendem Blick wählte er ein bestimmtes Häppchen von einem der gefüllten, silbernen Tabletts. Er biss hinein und kaute es mit der Attitüde eines Genießers. Doch nach seinem abwesenden Blick zu urteilen hätte es auch Stroh sein können, das er kaute.

„Seien Sie nicht erschrocken. Ich war schon mehrmals in ähnlicher Lage und immer fand sich ein Weg. Mein Problem ist, ich weiß nicht mehr, wie das geht: besorgt zu sein. - Morgen wird es irgendwie weitergehen", sagte er. „Es ist immer irgendwie weitergegangen und es wird auch jetzt weitergehen. – Wenn das Schicksal uns schließlich

Ärger machen wird, wird das Unheil ganz andere Qualitäten haben."

IX.

Ich dachte an Mr. Hamiltons Worte über den Krieg, als ich abends mit dem Zug zurückfuhr, um mich herum Wochenend- und Tagesurlauber mit leeren Verpflegungsbeuteln und erhitzten Gesichtern auf dem Weg in die Stadt. Das Bild täuschte nicht darüber hinweg, dass das Unbehagen, mit dem die Menschen das Geschehen auf dem Kontinent verfolgten, unaufhörlich stieg. Das Wort Krieg war in diesen Tagen das meist gemiedene und fiel trotzdem immer häufiger. Und man hörte von begüterten Zeitgenossen, die ihre Verhältnisse geregelt und über Southampton nach Amerika aufgebrochen waren. Ich sah die Menschen um mich herum und fragte mich, wer von ihnen schon eine Gasmaske zuhause hatte und in welche Himmelsrichtungen die möglichen Evakuierungen manche von ihnen verschlagen würden, wenn es soweit war.

Mr. Hamilton hatte nicht mehr die Nerven, um Unruhe zu empfinden. Ich sah sein Gesicht vor mir mit dem Ausdruck, der fast entschuldigend wirkte. Er hatte seine Nerven in den Schützengräben Belgiens verloren und schien nichts mehr fürchten zu können. Nach seinen eigenen Worten verstand er die Welt nicht mehr und so überwand er sie nur noch Tag für Tag. Ich dachte an Catherine Hamilton, deren zuliebe allein Mr. Hamilton dieses alles tat, und die ihrerseits versuchte, ihrem Vater den Glauben an die Welt zu erhalten. Heute verspielte er sein gesamtes Geld und aß und trank von einem Büfett, von dem er nicht wusste, wie er es bezahlen sollte, und nahm es mit empirischer Gelassenheit. Bisher war es immer weitergegangen, wahrscheinlich würde auch morgen von irgendwoher Geld kommen, das ihm aus der Patsche helfen würde. Vermutlich gab es noch andere wie mich, die zuweilen angepumpt werden konnten. Wenn man gesehen hatte, wie Kameraden von Granaten zerfetzt wurden und in Stücken im Schlamm verschwanden, dann konnte es sein, dass solche Sorgen nicht mehr bestürzen konnten.

Wie oft er wohl in den Jahren seit dem Krieg seinen Mitmenschen zugeprostet hatte, einem Bettler eine Münze gegeben oder in Gesellschaft über einen Witz gelacht und zuletzt einen Tag beendet hatte im vollen Bewusstsein, nur einen Schritt vom Abgrund entfernt zu stehen? Man musste etwas durchgemacht haben, um mit einem Lächeln so zu leben. Vielleicht war die Ursache, dass er auf den Schlachtfeldern nicht das Verständnis vom Zusammenhang von Ursache und Wirkung verloren hatte, wie er gemeint hatte, sondern - im Gegenteil - mit der Ohnmacht des Sandkorns in der Düne die Gesamtheit der Ursachen und Wirkungen in ihren Zusammenhängen begriffen hatte. Ich dachte an die Bücher aus Mr. Hamiltons Verlag mit den heftigen Geschichten von einsamen Frauen und Männern, die hungrig und verzweifelt nach Liebe suchten und sie sich quer durch die sozialen Schichten nahmen, wo sie sie fanden. Jeder Verleger lebte in der Sorge, seine Bücher könnten sich nicht verkaufen, und lag nachts wach mit Gedanken über Autoren, Themen und Umschlagsgestaltungen. Ich war fast sicher, dass Mr. Hamilton diese Sorgen nicht kannte. Sollte sich seine Verlagstätigkeit nicht mehr auszahlen, würde er ohne schwermütige Gedanken *Sisyphus Works* schließen und irgendeinen anderen Stein den Hang hinauf rollen. Vielleicht war dann Krieg und er würde eine Fabrik für Verdunklungsvorhänge aufmachen. Sicher würde er sein Geschäft florieren sehen und am Rande des Abgrunds weiterbalancieren. Mit einem Glas in der Hand und einem Lächeln voller Unverständnis auf den Lippen...

Das Leben - ein Regen

I.

Der Regen fiel ausdauernd und so gleichmütig, dass ich zuerst die Zeit nicht wusste, als Mrs. Newman anrief. Ich hatte an meinem Schreibtisch gesessen - das Licht ausgeschaltet, um nicht die Verdunklung vorziehen zu müssen - und hatte in den Regen hinausgesehen. Irgendwann hatten meine Augen es meinen Gedanken gleichgetan und waren beim Wandern durch die trübe Dämmerung irgendwo zum Stillstand gekommen. Als das Klingeln des Telefons mich in die Wirklichkeit zurückholte, war es draußen dunkel. Ich erhob mich schnell und ging die Schritte zum Telefon.

Mrs. Newmans Stimme klang anders als sonst und ich erfuhr bereits mit ihren ersten Worten den Grund. In Elms Mansion hatte es einen Todesfall gegeben, ganz plötzlich und vollkommen unerwartet. Sie könne es selbst noch nicht fassen. Der Arzt sei da gewesen, habe den Tod festgestellt und als Ursache Herzversagen. Trotz der belegten Stimme war für mich das Bittende in Mrs. Newmans Worten nicht zu überhören. Ob ich mich wieder darum kümmern könne? Es sei ihr alles so unvertraut, die Papiere, die auszufüllen waren, die Dinge, die arrangiert werden mussten, und sie zählte mir all die anderen Gründe auf, die mir längst bekannt waren. Ich beruhigte sie und versprach, am folgenden Morgen alles Notwendige zu veranlassen. Mrs. Newman bedankte sich so herzlich, wie es der Anlass zuließ, und selbst auf die Entfernung spürte ich ihre Erleichterung. Trotzdem kostete es mich noch einigen Zuspruch für ihr von dem Todesfall mitgenommenes Gemüt, bis ich endlich auflegen konnte.

Ich war nicht böse wegen dieser zusätzlichen Arbeit, die notwendigen Dinge würden rasch erledigt sein. Mrs. Newman war eine umständliche Person, die ihr Leben lang nichts mit Papieren zu tun gehabt hatte. Seit sie zwei Jahre zuvor ins kalte Wasser geworfen worden war, als ihr Bruder sich zur Armee gemeldet und ihr die Leitung von Elms Mansion übertragen hatte, lebte sie in ständiger Aufregung über ‚die Papiere'. Zu Recht, wenn man es vom Standpunkt der Ordnung betrachtete. Ihre Art, die Unterlagen zu führen, war in der Tat unmöglich: hier ein Datum, dort eine notierte Geldsumme und eine Seite weiter eine Quittung über eine andere Summe. Ich wunderte mich jedes Mal von neuem, aber es schien, als lange diese Buchführung für ein kleines Pflegeheim auf dem Land, in dem eine Handvoll alter, alleinstehender Menschen den Tod erwartete. In diesen Zeiten gelang vieles, das sonst nicht möglich war. Was für eine Rolle spielten schon ein paar Zahlen in Spalten angesichts von Evakuierung, Lebensmittelrationierung und Verdunklung. Trotzdem würde Mrs. Newmans Bruder der Schlag treffen, wenn er aus dem Krieg zurückkehren und die Bücher zu Gesicht bekommen würde.

Sofern er dann noch den Nerv hatte, sich über schlampig geführte Bücher aufzuregen, schränkte ich in Gedanken ein. Der Krieg war der eigentliche Grund für mein Kurzangebundensein Mrs. Newman gegenüber. Inzwischen hatte er das tägliche Leben infiltriert wie eine Geheimorganisation ein feindliches Land, und es war kaum noch möglich, seine Spuren nicht zu entdecken. In Gedanken zu fliehen, wenn die Zeit es erlaubte, war die einzige Möglichkeit, der tristen Lage für einige Momente zu entkommen. Ich war weit entfernt gewesen, als das Telefon geklingelt hatte. Ich hatte am Rand des grünen Dschungels gestanden, der unsere Plantage umgab, dann auf dem Platz vor dem Hotel am Hafen und zuletzt auf der Veranda unseres Hauses. Fast hatte ich die leisen Schritte hören können, mit denen Gubta sich näherte, um frische, kühle Limonade zu bringen. Doch es waren Gespinste. Die Japaner hatten Borneo besetzt und weder die Briten noch die Holländer hatten dem Vorstoß der Japaner viel entgegenzusetzen gehabt. Nach nur zwei Wochen war die Insel in ihrer Hand gewesen. Vieles war seitdem anders geworden, aber das Leben ging trotz Besatzung dort ebenso weiter wie in England mit seinen Einschränkungen.

Ich schloss die Verdunklung und schaltete das Licht ein. Mit wenigen Worten beendete ich den unfertigen Satz und legte die Blätter zusammen. In der Küche hörte ich Cathy arbeiten und stellte mir vor, wie sie versuchte, aus den uns zustehenden Lebensmittelrationen eine respektable Mahlzeit zuzubereiten. Zum Glück waren wir nicht auf die Zuteilungen allein angewiesen. Auf dem Land - wir lebten seit Kriegsanfang südlich von London in der Nähe von Dorking - hatte jeder seine kleinen Rücklagen. Hühner, die offiziell nicht existierten, schwarz gehaltenes Vieh, das ebenso schwarz geschlachtet wurde, und andere Quellen von Lebensmitteln, von denen die Behörden nichts wussten, erlaubten einen regen Tauschhandel mit Eiern, Butter und Fleisch. Alles funktionierte behelfsmäßig, nichts war von Dauer. Ich war froh, bei meinem letzten Besuch in der Stadt vor einigen Wochen noch einen Karton mit tausend Blatt Papier ergattert zu haben. Die Kiste hatte nicht den Freigabestempel des Kriegsministeriums getragen. Woher der Verkäufer das Papier hatte, hatte er nicht gesagt, und ich hatte nicht gefragt.

Ich wusste schon kaum noch, wie das Leben ohne diese Einschränkungen gewesen war. Dass Cathy und ich in diesem schiefen Mietscottage an einem Weiher wohnten, das schien schon so lange

Bestandteil unseres Lebens zu sein, dass das sprudelnde Leben in der Stadt wie eine Erinnerung aus dem vergangenen Jahrhundert schien. Vor unserer Heirat waren wir nach Borneo gereist, doch meine Eltern hatten später die Reise nach England nicht mehr angetreten. Deutsche U-Boote lauerten wie Bakterien im Ozean und machten Seereisen zur Nervensache. Cathy und ich hatten ohne die Anwesenheit meiner Eltern geheiratet.

Manche Menschen reisten noch mit dem Schiff nach Übersee, aber man nahm Umwege in Kauf. Es geschah erstaunlich wenig, fand ich, trotzdem war ich nicht zu bewegen, Tickets zu kaufen. Cathy teilte meine Sorgen nicht und sprach oft davon, die Koffer zu packen, wenigstens für einige Tage in London. Es war wohl der Wunsch, der zunehmenden Tristesse zu entkommen. Manchmal dachte ich daran nachzugeben, aber dann drängten sich mir Bilder auf von brennenden Christbäumen an einem schwarzen Himmel, von dem es Bomben regnete und von Londoner Straßen mit Lücken in Häuserzeilen und fehlenden Hauswänden, die den Blick auf Wohn- und Schlafzimmer freigaben. Nein, hier auf dem Land war es am sichersten. Lieber ein graues, ereignisloses Leben unter diesen Umständen, als in London verschüttet zu werden oder als Passagier auf See durch einen kranken Zufall in das Fadenkreuz eines Periskops zu geraten.

Ich trat ans Fenster und lauschte für einen Augenblick. Ein Windstoß hatte einen Schwall Regen gegen die Fensterscheibe geworfen. Ich wartete, doch es war sonst nichts zu hören. Vielleicht war es nur eine Ausnahme in dem stetigen Regen gewesen, vielleicht aber auch der Vorbote einer stürmischen Wetterverschlechterung. In diesen Zeiten achtete man auf Dinge, denen man früher keine Beachtung geschenkt hatte.

II.

Am nächsten Morgen machte ich mich zu Fuß auf den Weg. In der Nacht hatte es aufgehört zu regnen, und obwohl eine dichte Wolkenschicht wie abgetretenes Linoleum den Himmel bedeckte und alles in traurig stimmendes Grau tauchte, war mir frisch und erwartungsvoll zumute. Meine Stimmung stieg mit jedem Schritt der drei Meilen, die ich Richtung Elms Mansion zurücklegte. Vielleicht war es das Gefühl, etwas zu tun zu bekommen in einer Zeit, die für viele keine Arbeit hatte.

An der Kreuzung, wo der Weg nach Elms Mansion von der Straße aus dem Dorf abzweigte, kam mir Mrs. Harrison auf dem Fahrrad entgegen. Sie war Helferin der Gemeindeverwaltung und das Gewissen des Dorfes, wenn auch manchmal ein unfreiwilliges und wenig gelittenes. Sie sah ihre Aufgabe in der Überwachung der korrekten Durchführung aller möglichen Vorschriften. Dass dazu auch die Vieh- und Geflügelzählungen gehörten, die sie übergenau vornahm und Verstöße mit stoischer Hingabe aufspürte und in den Unterlagen korrigierte, hatte ihr nicht eben zusätzliche Freunde eingebracht. Cathy hatte mir von einem geflügelten Wort unter den Bauern erzählt, das hinter Mrs. Harrisons Rücken für geheime Befriedigung sorgte:

‚In den Schrank mit den Hühnern! Die Gans kommt!' Ich war sicher, dass es eine Menge Hühner in Schränken gab und fragte mich oft, wie viele illegale Frühstückseier an jedem Morgen verzehrt wurden. Und dass Mrs. Harrison seit der ‚Dig for victory'-Kampagne in ihren ohne Murren umgegrabenen Beeten mit den ehemals preisgekrönten Blumenrabatten jetzt die dicksten Kohlköpfe in der Umgebung erntete, machte sie nicht eben beliebter.

„Endlich ein Tag ohne Regen", rief sie mir mit erhobenem Arm entgegen. Sie schwankte bedenklich, doch das bedeutete nichts. Ihre Art Fahrrad zu fahren, bestand in einem andauernden Kampf mit dem Gleichgewicht, bei dem sie der Schwerkraft unablässig mit ruckartigen Lenkbewegungen begegnete.

„Es ist Sturm angekündigt", entgegnete ich laut. Ich war stehen geblieben, um sie vorbeizulassen.

„Schlimmer, als wir's hatten, kann's nicht werden", rief sie mir im Näherkommen zu. Sie machte keine Anstalten anzuhalten. Mrs. Harrison hielt nie an, wenn sie auf einer Mission war, auch das hatte ich inzwischen gelernt.

Ich nickte, und als sie vorüber war, setzte ich meinen Weg fort. Von der Dame aus der Gemeindebücherei hatte ich erfahren, dass die letzten Worte Mrs. Harrisons Standardsatz waren. ‚Schlimmer, als wir's hatten, kann's nicht werden.' Was immer noch kommen würde, keine Katastrophe der Welt konnte so schlimm sein wie die von Sechsunddreißig, als Eduard VIII. auf die Krone verzichtet hatte, um eine Amerikanerin zu heiraten, schlimmer noch, eine Bürgerliche, die außerdem zweimal geschieden war. Es war ein Desaster! Und wie, um der nationalen Tragödie und Mrs. Harrisons persönlicher Empörung die Krone aufzusetzen, musste er diese ‚Person' in Frankreich heiraten. In Frankreich! Von diesem geballten Schlag des Schicksals hatte sich Mrs. Harrison nie erholt. Selbst der Weltuntergang stellte für sie nur noch eine Bedrohung untergeordneter Bedeutung dar. Von den deutschen Lümmeln ganz zu schweigen.

Elms Mansion war ein großes, kastenförmiges und trotzdem nicht reizloses Gebäude, das sich vom Baustil her keiner Epoche zuordnen wollte. Der Architekt schien bei der Planung keine klare Vorstellung gehabt zu haben, und der Bauherr schien daraus eine Freiheit der Interpretation abgeleitet zu haben, die zu diesem steinernen Bastard geführt hatte. Ein bisschen viktorianische Steife, ein bisschen Moderne, als man diese noch nicht so genannt hatte, ein bisschen Bürgerlichkeit, als diese unter Architekten noch nicht verrufen gewesen war. Die gedrungene Fassade mit kleinen Fenstern zur Straße hin schnürte dem Betrachter die Kehle zu, doch mannshohe Fenster zum Park hin ließen einem das Herz aufgehen. Die Einfriedungsmauern aus Flint zu beiden Seiten des Zufahrtsweges machten auf mich bei jedem Passieren den Eindruck von Gardesoldaten, die die Flucht des unwilligen Besuchers quer über die Felder in letzter Sekunde verhindern sollten.

Mrs. Newman musste meine Ankunft beobachtet haben. Sie öffnete die Haustür, als ich den Kiesplatz vor dem Haus noch nicht halb überquert hatte. Voller Erleichterung streckte sie mir die Hände entgegen.

„Wenn ich Sie nicht hätte, mein Gott, ich wüsste nicht, was ich anfinge. Sind Sie zu Fuß? Trotz des Regens? Hoffentlich haben Sie sich nicht verkühlt. Ich mache Ihnen Tee. Nein, widersprechen Sie nicht, das macht wirklich keine Mühe. Es ist das Mindeste."

Ich folgte ihr und widersprach nicht, weil ich wusste, dass es keinen Zweck hatte. Mrs. Newman führte mich durch den Aufenthaltsraum mit den Empiremöbeln, in dem zwei alte, in Wolldecken gewickelte Männer schweigend wie Schmetterlingspuppen vor dem Kamin saßen, hinüber in den privaten Teil des Hauses, wo sich das Büro befand. Auf dem Weg dorthin kam uns eine stabile Frau mittleren Alters in Schwesterntracht entgegen, die Mrs. Newman knapp und mir nicht zunickte.

Das fensterlose Büro, mehr Kabuff als Raum, schien mir inzwischen vertrauter zu sein als Mrs. Newman. Von den früheren Gelegenheiten, bei denen ich mich um ‚die Papiere' gekümmert hatte, kannte ich mich in der Ordnung aus, mit der ihr Bruder, der offensichtlich ein ordnungsliebender Mensch war, die Geschäfte geführt hatte. Papiere,

Bücher, Formulare, Unterlagen - alles lag sorgfältig getrennt in Fächern und Schubladen. Seit Mrs. Newman die Geschäfte führte jedoch, war die Vernachlässigung unübersehbar. Fächer mit fehlenden Formularen wurden nicht nachgefüllt, Eintragungen nicht fortgeführt, aufgeschlagene Bücher blieben nach nicht getaner Arbeit übereinandergestapelt liegen. Es war mir ein Rätsel, wie Mrs. Newman das anstellte. Ich vermutete, sie bekam einen Anfall von Herzrasen beim Anblick der unerledigten Arbeit, trank zur Beruhigung eine Tasse Tee und hoffte auf den nächsten Tag, der auf noch unbekannte Weise die Lösung des Problems bringen würde.

„Tja", sagte Mrs. Newman und blickte sich schüchtern und mit gegeneinander gepressten Handflächen im Büro um. Ihr Blick wanderte über die Schubladen, Fächer und Karteikästen wie über eine Schar zusammengerotteter Feinde, die sie mühsam in Schach gehalten hatte, ohne ihre Taktik je durchschaut zu haben.

„Hier habe ich das Buch", sie deutete auf den zuoberst auf dem Schreibtisch liegenden aufgeschlagenen Band. Mit plötzlicher Lebhaftigkeit setzte sie hinzu: „Wegen der Personalien und der anderen - Dinge, Sie finden sie – dort ..." Sie brach ab, ihre Hand deutete noch immer auf den Schreibtisch. Der Versuch, ihre Hilflosigkeit zu überspielen, war an dem bekannten Feind gescheitert. „Aber Sie wissen sicher alles", endete sie lahm, sich ihrer Unzulänglichkeit bewusster denn je. Sie tat mir wirklich leid.

„Machen Sie sich keine Sorgen. Ich werde alles finden, was ich brauche", sagte ich. „Vielleicht können Sie mir den versprochenen Tee machen, während ich mich an die Arbeit mache."

„Natürlich", rief sie und floh, nicht ohne noch einen triumphierenden Blick in Richtung des Schreibtischs geschickt zu haben. Dem Feind war eine weitere Niederlage zugefügt worden.

Der Teil der Arbeit, der sich um die Unterlagen für die Kirche und die Behörden drehte, bereitete mir keine Schwierigkeiten. Das Wesentliche waren die Personalien des Verstorbenen und einige andere Daten, die ich alle den säuberlich geführten Unterlagen aus Mr. Newmans Zeit entnehmen konnte. Schwieriger wurde es bei den Papieren für die Stiftung, die für die Pflege des Verstorbenen in seinen letzten Lebensjahren aufgekommen war. Mit dem Tod musste diese Akte abgeschlossen werden, und der Meldung an die Stiftung musste eine korrekt abgeschlossene Buchführung von Seiten des Hauses vorangehen. Es bestätigte sich mir erneut, dass Mrs. Newmans Buchführung eine Katastrophe war. Als ich die Bücher auf der Suche nach den erforderlichen Angaben durchging, fand ich Zahlungen mal übertragen, mal ausgelassen, mal war - quasi als Kompromiss - eine entsprechende Quittung der Bank mit einer Büroklammer beigeheftet, mal fand sich noch eine Büroklammer, aber von einer Quittung weit und breit keine Spur. In fast einstündiger Arbeit suchte ich Daten und Zahlen zusammen.

Als Mrs. Newman mir in der Zwischenzeit Tee brachte, versicherte ich ihr, dass alles wirklich ganz einfach und die Arbeit fast geschafft sei. Vielleicht roch sie den Braten, vielleicht war es auch der Anblick des Schreibtischs, der ihr Unbehagen verursachte, jedenfalls stellte sie das Tablett ab und machte sich mit einer Geste wieder aus dem Staub, die andeuten sollte, dass sie auf keinen Fall beabsichtigte, zu sprechen und mich zu stören. Ich war froh darüber, denn ich entging so einer erneuten wortreichen Darlegung ihrer Hilflosigkeit und der verzweifelten Lage, aus der sie zu retten ich im Begriff war.

Als ich schließlich die fertig ausgefüllten Formulare und die handschriftlich aufgesetzten Papiere zusammenlegte, stieß ich unwillkürlich den Atem aus. Ein weiteres Mal war ich zu dem Schluss gekommen, dass das Chaos ein Teil von Mrs. Newmans Wesen war. Hätte sie nicht das Büro gehabt, um Verwirrung zu stiften, sie hätte andere Wege dazu gefunden, sei es Gläser mit selbstgemachter Marmelade falsch zu beschriften oder in der Gemeindebücherei Bücher falsch einzuordnen. Ich warf ihr diesen Wesenszug nicht vor, aber ich hoffte, die übrigen Bewohner von Elms Mansion würden sich bis zur Rückkehr von Mrs. Newmans Bruder leidlicher Gesundheit erfreuen. Ich faltete die Papiere, die zur Post mussten, und steckte sie in die entsprechenden Briefumschläge. Darauf folgten die Papiere, die im Ort bei der Verwaltung abgegeben werden mussten, und zuoberst die Notiz von meinem Telefongespräch mit dem Bestatter. Den ganzen Stapel legte ich in die Mitte des Schreibtischs, stapelte die Bücher in ihre Fächer und sortierte die übrigen losen Blätter.

III.

Als ich aus der Tür des Büros trat, schoss nur einen Augenblick später Mrs. Newman aus ihrem privaten Wohnzimmer hervor. Sie musste hinter der Tür auf die Beendigung der Arbeit gewartet haben, ich kannte das von den vorigen Malen. Und auch die folgende Entwicklung der Situation kannte ich bereits, sie spielte sich immer gleich ab ähnlich einer Zeremonie.

„Ich habe alles bereitgelegt", sagte ich. „Die adressierten Umschläge müssen zur Post, der große Umschlag enthält die Papiere für die Gemeindeverwaltung."

Die Erläuterungen erübrigten sich, trotzdem hing sie an meinen Lippen, als fürchtete sie, eine wichtige Information zu verpassen. Immer wieder nickte Mrs. Newman, und als ich fertig war, nahm sie meine Hand und drückte sie mit diesem Gott-was-täte-ich-ohne-Sie-Blick, gefolgt von einer Kaskade atemloser Dankesbezeugungen. Daran schloss sich ein Augenblick der Stille an. Ich schwieg, weil ich wusste, dass der Übergang zum nächsten Punkt einer kleinen Zäsur bedurfte. Mrs. Newman schwieg, als wollte sie unseren Gedanken nach Erledigung ‚der Papiere' die Möglichkeit geben, zum Ausgangspunkt des traurigen Anlasses dieser Begegnung zurückzukehren. Ich wartete.

Schließlich hob Mrs. Newman den Blick, die gefalteten Hände mit den Handgelenken gegen den Bauch gedrückt.

„Das Leben", sagte sie, "ein Regen. Langes Hoffen auf Linderung und Besserung."

Ihre Worte erschienen mir rätselhaft, aber ich nickte und schwieg geduldig.

„Doch der Tod - wenn er gekommen ist, so unerklärlich", fuhr Mrs. Newman fort, „niemand weiß..."

Hinter uns quietschte es. Ich drehte mich um und sah die Schwester von vorhin einen Rollstuhl mit einer alten Dame vorüberschieben. Es war still dabei, weder die alte Dame noch die Schwester sprachen. Allein den Rädern des Rollstuhls schien das Recht auf eine Meinungsäußerung vorbehalten. Plötzlich bedrückte die Stille mich. Als war der Tod in diesem Haus nur eine Untiefe unter der Oberfläche des täglichen Ablaufs, der darauf wartete, nach einer Flut plötzlich sichtbar zu werden. Ich war dankbar, als Mrs. Newman weitersprach.

„Der Bestatter kommt also nach Mittag", wiederholte sie meine Instruktionen von vorhin. „Möchten Sie vielleicht vorher noch...?"

„Ja", sagte ich, froh, dass sie endlich zur Sache gekommen war. „Wenn Sie nichts dagegen haben."

„Die Schwester und ich haben ihn noch gestern Abend fertiggemacht", erklärte Mrs. Newman, als wir die Treppen hinaufstiegen, „und seine Sachen zusammengepackt." Am Kopf der Treppe folgten wir einem langen Flur, dessen Fußboden nach jahrzehntelangem Geschrubbt Werden die Abgeklärtheit eines Krankenhausflurs angenommen hatte. „Sein Name war Hopkins, George Hopkins", sagte Mrs. Newman, als wir die Tür am Ende des Flurs erreicht hatten. Ich nickte. Mir lag eine Bemerkung auf der Zunge, dass mir nach einer Stunde der Beschäftigung mit den Unterlagen des Toten sein Name nicht ganz unbekannt war. Nach einem kurzen Innehalten öffnete Mrs. Newman die Tür und ließ uns eintreten.

Die Luft im Raum war kalt und frisch, war meine erste Feststellung, man schien das Fenster über Nacht geöffnet gelassen zu haben. Der Raum war groß und hoch mit großzügigen Fenstern zum Park hinaus und machte einen spartanisch eingerichteten Eindruck. Letzteres konnte aber auch daran liegen, dass die meisten persönlichen Gegenstände des Verstorbenen bereits zusammengeräumt worden waren. Das Bett, ein klobiges, schmuckloses Holzding, stand mit dem Fußende zum Raum an der Wand neben den Fenstern. Ich trat näher.

Der Körper von Mr. Hopkins lag steif da, unter dem Kopf nur ein niedriges Kissen und die Hände über der bis zu den Achseln hochgezogenen Bettdecke gefaltet. Die Falten der Decke verliefen in militärischer Strenge, ein Werk der Schwester, wie ich vermutete. Nach der ersten, flüchtigen Musterung wanderte mein Blick für eine zweite Musterung von den Händen hinauf zu seinem Gesicht.

Mr. Hopkins war nicht sehr alt geworden, das erkannte ich trotz der wachsbleichen Färbung seiner Haut. Ich schätzte ihn auf nicht älter als sechzig Jahre. Seine Augenlider waren geschlossen, die Gesichtszüge nach dem Tod entspannt. Sein Gesicht trug einen Ausdruck von Ruhe, das war mein erster Eindruck, aber auf den zweiten Blick schien es mir, als war diesmal etwas anders. Jedes Mal, wenn ich Mrs. Newman bei einem Todesfall mit den Unterlagen geholfen hatte, waren wir danach zusammen gegangen, vom Verstorbenen Angesicht zu Angesicht Abschied zu nehmen. Dabei hatte ich die Erfahrung gemacht, dass der Tod die Spuren des manchmal langen Leidens löste und auf den Zügen eine Spur von Entspannung, fast Erleichterung hinterließ. Dadurch machte er die Gesichter der Toten einander sehr ähnlich. Diesmal schien das nicht gelungen zu sein. Diesmal schien der Tod keine ganze Arbeit geleistet zu haben, er hatte Spuren zurückgelassen.

„Er hat gelitten", sagte ich.

Mrs. Newman antwortete nicht gleich. Sie war wie meist zwei Schritte hinter mir an der Wand stehen geblieben. Jetzt hörte ich, wie sie neben mich trat.

„Er hatte eine eiserne Gesundheit", sagte sie, „das hat Dr. Grimes nach jeder Untersuchung gesagt. Deshalb kam der Tod so plötzlich, so überraschend für uns alle." Sie zögerte. „Aber", sagte sie dann, „Sie haben recht, ich hatte immer den Eindruck, als kämpfe er gegen etwas an. Innerlich. Man sieht es ihm jetzt noch an, nicht wahr?"

Mrs. Newmans Worte überraschten mich. Sie verrieten eine Beobachtungsgabe, die ich von ihr nicht erwartet hatte. Das Wort Kampf traf zu. Was aus den Zügen des Toten sprach, waren die Spuren eines langen, unter der Oberfläche ausgetragenen Kampfes. Auch jetzt im Tod schien es noch greifbar. Doch wer war der Feind gewesen?

„Stand er allein", fragte ich. Dabei wusste ich aus seinen Unterlagen, dass er Witwer war, schon gewesen war, als er in Elms Mansion eingezogen war. Was ich gemeint hatte, war, ob er Bekannte, Freunde gehabt hatte.

„Er war Anwalt. - Seine Frau muss gestorben sein, als er noch ein junger Mann war", sagte Mrs. Newman. „Danach scheint er immer allein gewesen zu sein." Sie war um das Bett herumgegangen und sah mit dem Licht des trüben Vormittags im Rücken auf das Gesicht des toten Mr. Hopkins hinunter. Sie seufzte. „Er hatte keine Freunde hier. Es schien, er wollte keine. Er war in sich gekehrt, fast verbissen, manchmal bis zur Feindseligkeit. Als er einzog, wagte zunächst niemand mit ihm zu sprechen, und als die anderen herausfanden, dass sein Groll niemand besonderen meinte, verloren sie das Interesse an ihm und sie ließen ihn in seiner Einsamkeit."

Einsam in seinem Kampf, dachte ich.

„Aber seltsam, er mochte Kinder", sagte Mrs. Newman wie zu sich selbst und schien in Gedanken die Bilder zu sehen, die sie zu dieser Ansicht brachten. „Er hat es nie gesagt", fügte sie wie zur Erklärung hinzu, „aber ich habe es gespürt. Als ich ihn einmal daraufhin ansprach, verlor er fast die Beherrschung und verließ tagelang sein Zimmer nicht. Trotzdem war es so. Ich sah es an seinem Gesicht, wenn die Kinder der Nachbarn zum Spielen in den Garten kamen. Dann konnte er stundenlang auf der Veranda sitzen und ihnen zuschauen - und in diesen Monaten noch mehr, wo es durch die Evakuierten so viele geworden sind. Eine Zeitlang dachte ich, es sei nur gut für ihn, auf diese Weise ein wenig Kontakt zum Leben zu haben. Seltsamerweise war es im Anschluss an solche Anlässe meist besonders schlimm mit seinem abweisenden Verhalten. Dann konnte er niemanden in seiner Nähe ertragen."

Mrs. Newman schüttelte leicht den Kopf. Nach einer Weile wandte sie den Blick und sah über die Schulter zum Fenster.

„Er war ein merkwürdiger Mensch. Erst gestern waren die Kinder da, um das letzte Fallobst einzusammeln. Den ganzen Nachmittag über hat Mr. Hopkins ihnen vom Wohnzimmer aus zugesehen. Er machte dabei einen so - sehnsüchtigen, lebendigen Eindruck. Als er abends nicht zum Essen herunterkam und ich ihn holen wollte..." Wieder schüttelte Mrs. Newman den Kopf. „So plötzlich der Umschwung, wie abgekämpft und ausgelaugt er war. Ich begreife es nicht." Die Daumen ihrer gefalteten Hände rieben abwesend gegeneinander, während ihr Blick wieder auf dem Gesicht des Toten ruhte. „Ich habe ihn nie verstanden."

In diesem Augenblick kam sie mir trotz ihrer strengen Kleidung und der steifen Haltung wie eine alte Gastmutter vor, die die Pfade zu verstehen versuchte, die die ihr anvertrauten Waisen genommen und die sie zu dem gemacht hatten, was sie waren. Doch in diesem Raum gab es keine Antwort auf ihre Fragen, nur Schweigen und die Stille des Todes, die alle Antworten mit sich nahm.

IV.

„Morton hat angerufen, er ist in London", empfing mich Cathy bei meiner Rückkehr.

Aus dem grauen Vormittag hatte sich ein ganz passabler Tag entwickelt. Auf meinem Rückweg hatte ich sogar manchmal die schneeweiße Sonne durch die Wolken gesehen. Cathys Nachricht war dazu angetan, meine Stimmung weiter zu heben. Ich hatte Morton seit Monaten nicht gesehen und war gespannt, was er aus dem Ministerium zu berichten wusste. Er saß ja sozusagen an der Quelle der Neuigkeiten, und in diesen Zeiten fand ich die ebenso wichtig wie Lebensmittel.

„Hat er gesagt, ob er vorbeikommt?"

„Es war nur ein kurzer Anruf." Cathy nahm mir den Mantel ab. „Er sagte, er habe nicht viel Zeit und so klang auch seine Stimme. Er sei gerade erst eingetroffen und habe in den nächsten Tagen im Ministerium viel Arbeit um die Ohren. Aber zum nächsten Wochenende schafft er es vielleicht, einen Tag zu uns herauszukommen."

„Hoffentlich schafft er es", meinte ich. „Morton wird uns sagen können, wie es da unten wirklich steht. Er hat mit Sicherheit Neuigkeiten."

Cathy hing den Mantel über einen Bügel und trug ihn ins Wohnzimmer, wo sie ihn neben den

Kamin hängte. In Gedanken trat ich neben sie, rieb mir abwechselnd die Hände und hielt sie dem warmen Zug des Feuers entgegen.

„Vielleicht hat er deine Eltern gesehen."

Es erstaunte mich immer noch, wie Cathy in meinen Stimmungen las. Genau daran, ob Morton bei einer seiner letzten Missionen vielleicht in unserer Niederlassung vorbeigekommen war, hatte ich beim Blick in das Feuer gedacht. Schließlich lebten auch seine Eltern dort - sein Vater versah wie eh und je seinen Dienst - und seine und meine Eltern waren durch den Zusammenhalt gegen die ‚gelben Käfer', wie mein Vater die Besatzer laut meiner Mutter nannte, einander nahestehender als je zuvor. Unter vier Augen hatte Morton mir erzählt, dass unsere Väter in den Tagen des japanischen Vorstoßes eine Gruppe von verlässlichen Männern organisiert hatten, die Ölförderanlagen sabotiert hatten, damit sie den Japanern nicht funktionsfähig in die Hände fielen.

„Ja, vielleicht", gab ich kurz zurück. Ich wollte keine Hoffnungen schüren, die am Wochenende vielleicht enttäuscht würden. Doch dann sah ich in Cathys Gesicht und musste daran denken, dass sie im Gegensatz zu mir, der ich ab und zu noch nach London fuhr, um Dinge zu besorgen oder meine Arbeit bei der Redaktion abzugeben, so gut wie gar nicht aus der Gegend herauskam. Ein Besuch von Morton stellte eine seltene Abwechslung dar. „Vielleicht hat er sogar Briefe", sagte ich.

„Und vielleicht ist alles gar nicht so schlimm", sagte Cathy und der Satz klang unvollendet. Es war nicht nötig, mehr zu sagen, ich wusste zu gut, was sie meinte. Vielleicht gab es ja doch die Möglichkeit einer Passage irgendwohin, um diesem vom Krieg bestimmten Leben den Rücken zu kehren. Ich kannte alle Gründe, und ich verstand sie besser, als Cathy wahrscheinlich annahm. Aber der Schock von Scapa Flow und die Versenkung der „Prince of Wales" und „Repulse" vor der malayischen Küste durch japanische Torpedos waren noch zu frisch in der Erinnerung. Wenn Schlachtschiffe sinkbar waren, war es jedes Schiff und dies war kein Krieg der Rücksichten. Im Geiste sah ich den P&O-Dampfer und das weite Meer und den dunklen Stahlleib irgendwo unter seiner Oberfläche und ich dachte: Keine Passage - nicht unter diesen Umständen!

V.

Am Tag des Begräbnisses goss es wie aus Kübeln. Schon frühmorgens war ich vom Geräusch des strömenden Regens geweckt worden und nicht mehr eingeschlafen. Bei dem Gedanken an die bevorstehende Beerdigung und den Fußmarsch zum Friedhof hatte ich geglaubt, ein Schirm würde ausreichen. Doch während des anbrechenden Morgens gesellte sich dem Regen ein aufkommender Sturm hinzu, der sich mit unberechenbaren Böen unter die Regenschleier mischte. Der Regenmantel würde mir nicht erspart bleiben, dachte ich. Wie um die Trübsal des Morgens zu unterstreichen, qualmte der Kamin. Mein Hals kratzte von dem Rauch, als ich das Feuer endlich zu einem gleichmäßigen und ruhigen Brennen gebracht hatte. Am liebsten hätte ich mich wieder ins Bett verkrochen. Doch pflichtbewusst wand ich mich in den ledernen Regenmantel, der schwer wie eine bleierne Uniform auf meinen Schultern hing. Ich hatte ihn von einem alten Offizier geschenkt bekommen, der nach dem letzten Krieg noch einige Jahre in Mesopotamien stationiert gewesen und dann in den Ruhestand gewechselt war. Er hatte Knieprobleme und mochte den Regenmantel nicht mehr tragen.

Wir waren zu sechst. Der Pfarrer, Mrs. Newman, Mrs. Harrison - auch die Anwesenheit auf Beerdigungen zählte sie zu ihren Pflichten und ausnahmsweise trug sie keine Uniform, obwohl sie zu den ersten gehört hatte, die dem Aufruf der Königin gefolgt war, dass auch Frauen in dieser Situation des Landes Uniform tragen sollten - und ich zogen schweigend hinter dem Wagen her, auf dessen Ladefläche der Sarg mit dem toten Mr. Hopkins stand, geschmückt nur mit einem dürftigen Kranz weißer Blumen. Auf den Vordersitzen des Wagens saßen der Totengräber und ein alter Mann mit verschrumpeltem Gesicht, der nicht wirkte, als sei das sein erlernter Beruf. Als die beiden Männer nach der Zeremonie in der Kirche mit meiner und des Pfarrers Hilfe den Sarg auf den Wagen gehoben und dann mit ausdruckslosen Mienen auf die Vordersitze geklettert waren, hatte es der Totengräber aus langer Gewohnheit getan, der alte Mann dagegen mit der Teilnahme eines Menschen, der viele Wege gegangen war und sich bei jedem fragte, wie viele Stationen noch kommen würden.

So nahm unser Trauerzug seinen Weg über den langen, vom Regen aufgeweichten Weg des Friedhofs, der zu der Grube mit dem frisch ausgehobenen Erdhaufen daneben führte, wo Mr. Hopkins seine letzte Ruhe finden würde. Der Regen prasselte eintönig auf unsere Schirme, während wir zwischen von Wind und Regen zerfleddertem Buschwerk und dunklen, traurigen Zypressen hindurch schritten. Unsere Regenschirme drehten sich wie Wetterfahnen jeweils in die Richtung, aus der die Tropfen kamen. Doch die Windstöße kamen von immer wechselnden Seiten, so dass auf die Dauer niemand von uns von der nasskalten Hand im Genick verschont blieb.

Dabei ging es mir in meinem Regenmantel noch gut, dachte ich. Der Pfarrer, der mit trotzig gereckten Schultern und breiten Bauernschritten unseren Zug anführte, hatte keinen Schutz außer der dürftigen Deckung durch einen zweiten Regenschirm, den Mrs. Harrison halb über ihn hielt. Als ahnten sie das leichte Spiel, warfen sich die Regentropfen wie mit besonderer Lust in ganzen Schwärmen gegen den dicken Wollstoff seiner Sultane. Dort hingen sie und glitzerten trübe, bis sie aufgesogen wurden. Wenn der heftige Wind von vorn kam und die Rockschöße wie Maikäferflügel auseinander trieb, kam der Pfarrer mir vor wie eine ruppige Dohle, die unwillig ihr nasses Gefieder spreizte. Aus Mrs. Newmans Richtung vernahm ich von Zeit zu Zeit ein unwirsches Schnüffeln. Sie hielt den Schirm so niedrig, dass ihre Frisur sich in den Speichen verfing. Mrs. Harrison dagegen war biblische Abgeklärtheit in Person. Den eigenen Schirm und den für den Pfarrer in eisernem Griff schritt sie aus, die Gesichtszüge gänzlich unberührt von den äußeren Unbilden. Ihre Schritte patschten über den aufgeweichten Grund. ‚Schlimmer, als wir's hatten, kann's nicht werden.' Was war schon so ein läppischer Regen gegen die Schmach eines Königs, der sein Volk und Mrs. Harrison im Stich gelassen, indem er davongelaufen war wie ein zum ersten Mal verliebter Schuljunge!

Die Zeremonie am Grab dauerte nur wenige Minuten. In den Windstößen schaudernd standen wir am Rand der Grube, während der Pfarrer Gebete und einige freie Worte sprach. Das Grab lag unter den Ästen einer Linde, durch deren vom Herbst gelichtetes Blätterdach der Regen hindurch rann und sich zuunterst in großen Wassertropfen sammelte, die mit dem Klang von Schüssen auf unsere Schirme fielen und uns noch schweigsamer machten. Auf den Flanken des Erdhaufens neben dem Grab lockerten sie die Erde und trugen sie in Rinnsalen ab. Schließlich wurde der Sarg an Seilen in das Grab hinuntergelassen. Der Pfarrer sprach ein letztes Gebet. Dann war es vorbei und wir machten uns auf den Rückweg. Seltsamerweise ist mir dieses Bild in Erinnerung geblieben wie eine Fotografie: wie wir uns vom Grab abwenden und jeder mit vorsichtigen Schritten in eine andere Richtung tritt, als wolle keiner dem anderen zu nahe treten, und sich dann umwendet und nach den anderen schaut wie in der Furcht, den Anschluss zu verlieren. Ich hatte nie Angst vor dem Tod oder vor dem Sterben gehabt. Doch angesichts unserer bedrückten Gruppe im Regen abseits des Grabes, überkam mich eine Hoffnungslosigkeit, die mir fremd war.

„Er hat es jetzt besser", sagte Mrs. Harrison, und Mrs. Newman nickte und erwiderte etwas ähnlich Übliches.

Ich hatte Mr. Hopkins nicht gekannt, doch durch die Begegnung mit ihm am Totenbett und die Erledigung ‚der Papiere' fühlte ich mich ihm nahe. Mr. Hopkins war einmal ein hoffnungsvolles Kind gewesen, das Äpfel klaute, ein junger Mann, der ins Leben hinaus schritt, voller Verlangen und Erwartungen. Doch dann wütete das Leben und nach Jahrzehnten ließ es einen Mann zurück, der einsam und schweigend seinen letzten Kampf ausfocht - und zerbrach. Und das Ende war dies, ein trüber und nasser Morgen im Spätherbst und ein Häufchen Trauernder, die mehr aus Pflichterfüllung als aus Anteilnahme gekommen waren.

Mrs. Newman unterbrach meine Gedanken, indem sie an meinem Ärmel zupfte. Ich wandte mich ruckartig, fast unwirsch zu ihr, um zu sehen, was sie wollte. Als spürte sie meine Stimmung, wurde ihre Miene noch eine Spur um Entschuldigung bittender.

„Es ist wegen Mr. Hopkins", sagte sie, „wegen seiner Sachen. Es geht ganz schnell", setzte sie eilig hinzu.

„Ist schon gut", sagte ich, „ich war in Gedanken."

„Die Schwester", sagte Mrs. Newman, wie um die Last der Angelegenheit auf ein weiteres Paar Schultern zu verteilen, „die Schwester hat gestern

Abend das hier in der Nachtkommode von Mr. Hopkins entdeckt. Es war hinter der Schublade versteckt, deshalb haben wir es beim Zusammenpacken seiner Sachen nicht entdeckt." Sie kramte in ihrer Handtasche und brachte ein Bündel Papier zum Vorschein. „Es sieht sehr persönlich aus. Ich wollte es heute Morgen noch zu Mr. Hopkins tun, aber der Sarg war schon zu. Und Mr. Hershley wollte nicht mehr ..."

Mr. Hershley, der Totengräber, war an allem schuld, musste ich bei ihren letzten Worten denken. Ich konnte mir vorstellen, wie er entrüstet von sich gewiesen hatte, den bereits zugeschraubten Sarg von Mr. Hopkins wieder zu öffnen, nur um noch ein Päckchen alter Briefe hineinzutun. Denn um ein Bündel Briefe handelte es sich, wie ich mit einem Blick auf Mrs. Newmans halb ausgestreckte Hand feststellte. Alte Briefe mit verblichener Schrift, an den Ecken aufgebogen. Ein Windstoß fuhr zwischen uns, und ich brachte das Bündel vor dem Regen in Sicherheit, indem ich es an mich drückte.

„Ich denke, man sollte sie vernichten", sagte ich.

„Das war auch mein Gedanke", stimmte Mrs. Newman erleichtert zu. „Aber ich war mir nicht sicher, und dann dachte ich, ich frage lieber Sie. Wo Sie doch mit Schreiben zu tun haben."

Ich verstand die Logik nicht, aber ich fühlte mich zu nass und ich fror und fragte nicht weiter. Ich sagte, ich würde mich darum kümmern und steckte die Briefe ein. So marschierte ich durch den Regen zurück nach Hause, einen Stapel fremder Brief in der Innentasche meiner Lederrüstung, durchnässt und frierend und mein einziger Gedanke war an die Wärme des Kamins.

VI.

Ich fand die Briefe erst wieder, als ich am folgenden Tag den Mantel, der zum Trocknen im Gang hing, in den Garderobenschrank zurückhängen wollte. Gewohnheitsmäßig tastete ich in jede Tasche auf der Suche nach losen Geldmünzen und Notizzetteln und stieß in der Innentasche auf das Briefbündel. Im gleichen Moment fiel mir die Szene auf dem Friedhof wieder ein - der Regen, die Kälte und nicht zuletzt Mrs. Newmans bittender Blick.

Ich drehte das Päckchen in meinen Händen. Es ließ sich kaum zusammendrücken, die Briefe lagen eng aneinander wie gepresster Papyrus, als waren sie seit Jahren nicht mehr voneinander gelöst worden. Das fest geknotete Gepäckband, das sie zusammenhielt, war in den Jahren ausgeblichen und seine Konsistenz morsch geworden. Ich hob das Bündel an die Nase, doch alles, was ich roch, war der mürbe Geruch verwitterten Papiers. Die Adresse auf dem obersten Brief war fast verschwunden, selbst im Licht am Fenster konnte ich die Reste der Tintenstriche nicht mehr entziffern. Ich drehte die Briefe in meinen Händen. Bei äußerlicher Betrachtung gaben sie nichts preis, und nach Mr. Hopkins Tod bestand keine Notwendigkeit, ihre Geschichte zu ergründen. Sie zu vernichten, wie ich Mrs.

Newman vorgeschlagen hatte, erschien mir das vernünftigste Vorgehen. Ich ging in den Nebenraum und trat vor den Kamin, doch ohne besonderen Grund war ich plötzlich unschlüssig.

Erneut wandte ich das Bündel in den Händen und musste an das Gesicht des toten Mr. Hopkins denken, an die verbliebenen Spuren des Kampfes. Und an Mrs. Newmans ratlose Bemerkungen über Mr. Hopkins Verhalten. In dem Bewusstsein, niemandem mehr schaden zu können, war es zuletzt meine Neugier, die siegte. Ich trug das Bündel zu meinem Schreibtisch und griff nach einem Messer, um das Gepäckband zu durchschneiden.

Starr - fast wie Draht - fielen die Bandreste von dem Bündel, und die einzelnen Briefe lösten sich zunächst nicht, als hatten sie sich während der langen Jahre ineinander geformt. Vorsichtig löste ich die oberen Briefumschläge voneinander ab. Den obersten ausgenommen, dessen Beschriftung ausgeblichen war, stand auf allen in akkurater Handschrift und gut lesbar eine Anschrift im Osten von London Nähe Whitechapel, adressiert an eine Mrs. Edwina Hopkins. Ich vermutete, es war die Ehefrau von Mr. Hopkins, von der Mrs. Newman gesagt hatte, sie sei gestorben, als Mr. Hopkins noch ein junger Mann gewesen war. Behutsam fuhr ich fort, die einzelnen Briefe voneinander abzutrennen und zählte zuletzt über zwanzig Briefe.

Mit einem Blick auf die Beschriftungen stellte ich fest, dass die Briefe in chronologischer Reihenfolge lagen. Zwischen dem ersten und letzten Brief lagen etwa zehn Monate. Beim Durchsehen fiel mir auf, dass manche Umschläge an den Rändern wellig waren und Wasserflecke hatten. Aus diesem Grund hatte ich die Adresse auf dem ersten Brief nicht entziffern können, sie musste von Wasser aufgelöst worden sein. Seltsamerweise zeichneten sich Tintenspuren, die wie Seetang an der Hochwasserlinie der Brandung verliefen, auf jeweils gegenüberliegenden Umschlägen ähnlich ab, so dass der Eindruck entstand, als habe das Päckchen Briefe in dieser gebündelten Form Kontakt mit einem Schwall Wasser gehabt.

Ich legte die Briefe zur Seite, öffnete den obersten, der Ende Oktober jenes Jahres vor mehr als vier Jahrzehnten geschrieben worden war, und begann, die steile Handschrift zu lesen.

‚Liebste Edwina, ich begreife das alles nicht. Sag' mir, dass dies ein Irrtum ist. Ich habe Deine Nachricht gefunden, aber Du kannst das nicht meinen. Warum solltest Du von mir fortgehen wollen? Niemals hast Du ein Wort gesagt, das Dein Verhalten erklären könnte. Dies muss ein Missverständnis sein! Und ich begreife das mit Deiner neuen Wohnung nicht. Bist Du bei Bekannten in Whitechapel untergekommen? Bitte komm' zurück, Edwina. Ich warte auf Dich. Ich begreife das alles nicht.'

Unterzeichnet war der Brief mit einem gut lesbaren ‚George'. Der Text war in großer, ausladender Schrift geschrieben, die letzten Zeilen ein wenig schräg nach unten auslaufend. Das Datum war in kleinen Lettern über die Anrede gezwängt worden, als habe es der Schreiber erst nachträglich eingefügt. Es war offensichtlich ein spontan und schnell geschriebener Brief, und das passte zu dem Anlass, dachte ich. Wie ich es diesen wenigen Worten entnahm, hatte Mr. Hopkins' Ehefrau ihren Ehemann verlassen. Jedenfalls hatte sie das wohl an ihn übermittelt, doch Mr. Hopkins schien dies nicht wahrhaben zu wollen.

Der nächste Brief datierte nur zwei Tage später.

‚Liebste Edwina, warum kommst Du nicht? Ich bringe die Tage kaum noch hinter mich, und nachts schlafe ich nicht mehr und liege wach und frage mich, was vor sich geht. Du hast kein Recht, mich so zu behandeln und Du kannst nicht gemeint haben, dass Du mich verlassen willst. Wir sind doch glücklich gewesen! Welches schlimme Missverständnis ist hier nur am Werk. Stunden habe ich nach der Arbeit vor Deiner Adresse gewartet und nach Dir gefragt, aber niemand gibt mir Auskunft und Du bist nicht zu sehen. Bitte komm' zurück und erkläre mir alles. Ich bitte Dich so sehr! Dein Dich über alles liebender George.'

Ich schaute auf die letzten Worte des Briefes, die dicker und schwärzer als die anderen Worte waren, und stellte mir vor, wie angespannt und langsam vorgegangen worden war, als sie geschrieben worden waren, so dass mehr Tinte in sie als in die übrigen Worte geflossen war. Wenn Mrs. Hopkins ihren Mann wirklich verlassen hatte, so weigerte sich dessen Bewusstsein nach drei Tagen noch immer, das zu akzeptieren. Ich las den Brief noch einmal und fragte mich, wie er diese drei Tage überstanden hatte. Ich stellte ihn mir vor, wie er nach schlaflosen Nächten zur Arbeit ging, ohne zu wissen, wie er den Tag hinter sich bringen sollte. War er danach durch die Straßen von Whitechapel gestrichen auf der Suche nach einer Spur seiner Frau? Und waren womöglich das Schlimmste die Nächte gewesen, wenn er im Bett lag mit schmerzendem Magen vor Angst und unbeantworteten Fragen? Ich faltete den Brief zusammen und schob ihn in den Umschlag zurück.

Was mochte Mrs. Hopkins veranlasst haben, ihren Mann zu verlassen? Und warum ließ sie ihn so im Unklaren? Oder hatte sie ihm in ihrer Nachricht, die er erwähnt hatte, so deutlich zu verstehen gegeben, dass es aus war und es nichts mehr zu verhandeln gab, dass es aus ihrer Sicht nichts abzuwarten galt, außer dass er es schließlich begreifen würde?

Die nächsten beiden Briefe waren ähnlich den beiden ersten, doch der darauffolgende war anders. Nur zwei Tage waren seit dem vorangegangenen verstrichen und er war deutlich länger.

‚Liebste Edwina, die ganze Nacht habe ich wach gelegen und über das nachgedacht, was Du gestern gesagt hast. - Jetzt ist mir klar, dass alles nur ein Missverständnis gewesen ist. Vielleicht hätte ich

Dir das erklären können, wenn wir in deine Wohnung hinaufgegangen wären. Im Regen an der Straßenecke war ich so glücklich Dich zu sehen, dass ich gar nicht richtig denken konnte. Du hast so viele Dinge gesagt, die mir erst in der Nacht wieder in den Sinn gekommen sind und erst dabei ist mir bewusst geworden, wie falsch all das ist, was Du mir vorgeworfen hast. Hätte ich Dir das nur sagen können, aber Du hast nicht gewollt, dass wir in deine Wohnung gehen und in Ruhe miteinander sprechen. Ich habe Dich nie eingesperrt oder das auch nur gewollt. Dein Bestes lag mir am Herzen und wird es für immer tun. Du bist doch meine Frau!'

Im folgenden Absatz beklagte er, dass sie sich so lange Tage und Nächte nicht gemeldet und ihn mit sich selbst alleingelassen hatte ohne eine Möglichkeit, eine Erklärung für ihr Verhalten zu bekommen. Und er beklagte, dass es - demütigend für ihn - zu dem Treffen nur gekommen war, weil er vor ihrer Adresse stundenlang im Regen auf ihre Rückkehr gewartet habe, und wieder, dass sie ihn nicht einmal in ihre Wohnung gelassen hatte. Aber gleichzeitig versicherte er, dass er ihr nichts nachtrage, und wenn sie ihn nur ließe, würde sie sich nach seinen Erklärungen einsichtig zeigen, dass alles nur ein Missverständnis sei.

‚Und wenn Du der Meinung bist, ich hätte Dich eingeengt und Dir keine Luft zum Atmen gelassen, wie Du es gestern genannt hast, so ist das alles eine furchtbare Missdeutung meines Verhaltens. Du bist meine Frau und mein Gefühl für Werte kannst Du mir doch nicht vorwerfen. Du nanntest es Besitzerinstinkt und mit einem Ton in Deinen Worten, als sei ich ein Forscher, der Schmetterlinge sucht, um sie mit einer Nadel auf Samt zu pinnen.'

Es folgte eine halbe Seite weiterer Rechtfertigungen seines Verhaltens und Beteuerungen, dass sie sein Verhalten vollständig missdeutet habe. Ich las den Brief bis zu dieser Stelle zweimal und in meinem Kopf setzte sich ein Bild zusammen von der Unterhaltung, die Mr. Hopkins auf der Straße mit seiner Frau geführt hatte. Stundenlang hatte er in der Kälte gewartet, jede sich nähernde und vorübereilende Person angestarrt auf der Suche nach vertrauten Formen, und während seine Nerven zunehmend angespannter wurden, probte er im Kopf all die Worte, die er seiner Frau sagen wollte, wenn er mit ihr in ihrer neuen Wohnung sein würde.

Als sie dann endlich kam - auf den letzten Metern vielleicht widerstrebend, weil sie ihn erkannt hatte, aber wissend, dass kein Weg an ihm vorbei führte - stürzte er sich auf sie mit seinen vorbereiteten Worten. Doch sie wollte sich auf nichts einlassen, ihn nicht einmal ins Haus lassen. So standen sie in der dunklen Straße, und alles musste auf die Schnelle gesagt werden. Und um alles loszuwerden trat er ihr vielleicht in den Weg, als sie an ihm vorbei in den Hauseingang wollte. Es war nur ein Versuch seinerseits gewesen, Zeit für seine Erklärungen zu gewinnen, aber sie missdeutete es als Angriff. Vielleicht waren in diesem Moment der aufkeimenden Panik die Dinge gesagt worden, die er jetzt als Vorwürfe bezeichnete.

Hatte er sprachlos dort gestanden, als diese Dinge aus seiner Frau hervorbrachen, fassungslos, dass Verhaltensweisen und Geschehnisse der Vergangenheit so falsch aufgefasst worden waren? Wahrscheinlich hatte er in diesem Schock kein Wort erwidern können, hatte nur betäubt die Schläge eingesteckt, als seine Frau zuletzt ins Haus getreten und die Tür vor ihm geschlossen hatte. Erst auf dem Rückweg, den er wie ein Schlafwandler hinter sich brachte, fanden die Worte seiner Frau nach und nach in sein Bewusstsein. Ich war sicher, die folgende Nacht hatte er schlaflos verbracht, so sehr mussten seine Gedanken um die Begegnung mit seiner Frau gekreist sein.

Der letzte Satz vor dem Gruß eines dieser Briefe lautete: ‚Komm' zurück, Edwina, meine Tür steht offen, und nichts werde ich Dir nachtragen.'

Ich schaute eine Weile in Gedanken auf diese Worte.

In meinen Überlegungen wunderte ich mich plötzlich, dass alles still war. Der Regen hatte aufgehört, stellte ich mit einem Blick aus dem Fenster fest; kein lautes Rasseln der Tropfen mehr, nur noch das unregelmäßige Tröpfeln von Blättern und Ästen. Ich schaute in den Himmel, der immer weißer wurde und Anstalten machte aufzureißen.

Mrs. Hopkins war davongelaufen, weil sie die Behandlung durch ihren Ehemann nicht mehr ertragen hatte. Es war zur Zeit von Queen Victoria gewesen, als allein der Gedanke an einen solchen Schritt angesichts der sicheren Verurteilung durch die Gesellschaft eine Ungeheuerlichkeit war. Eine Frau konnte nur fort, wenn sie eigenes Geld hatte, und dann konnte sie zwar überleben, aber in der Gesellschaft hatte sie keinen Platz mehr. Anscheinend bewohnte Mrs. Hopkins ein billiges Zimmer und hatte eine Arbeit angenommen, um sich am Leben zu erhalten. Die Entscheidung zu einem Schritt mit so weitreichenden Konsequenzen traf eine Frau nicht unüberlegt. Dass sie es getan hatte, sagte etwas über ihr Leiden aus. Das Leben in der Ehe mit Mr. Hopkins musste ihr unerträglich geworden sein. Vielleicht hatte sie ihn nie geliebt und es war eine Vernunftheirat gewesen, vielleicht war am Anfang Liebe oder wenigstens ein Gefühl der Zuneigung da gewesen, die sich im Lauf der Zeit verflüchtigt hatten. Zum Schluss jedenfalls muss es nur noch Ertragen einer unerträglichen Situation gewesen sein, vielleicht Abneigung, möglicherweise Widerwillen gegen ihren Ehemann und seinen Besitzanspruch.

Ich las einige der folgenden Briefe und mir wurde klar, dass an diesem Besitzbegriff alles hing. Zu dieser Zeit war die Ehefrau eine Art Eigentum, und Mr. Hopkins war sein Eigentum, das ihm seiner Ansicht nach von Rechts wegen zustand, abhanden gekommen - schlimmer, sein Eigentum hatte die Dreistigkeit besessen, sich ihm zu entziehen. Mr. Hopkins war von seiner Frau gedemütigt worden, und an diesem Gefühl änderte sich nichts trotz allem Bitten und Flehen.

Hatte man den ersten Briefen angemerkt, dass Mr. Hopkins noch unter dem frischen Schock des Ereignisses stand, so stellte sich in den Briefen der folgenden Wochen ein Wandel ein. Mehr und mehr übernahm nach dem ersten Wirbel der Gefühle wieder sein Verstand die Feder und versuchte, seine Frau durch Argumentation zur Rückkehr zu bewegen. Manche Absätze lasen sich wie mathematisch geführte Beweise, an deren Ende immer die zwingende Notwendigkeit der Wiederherstellung ihres Ehelebens stand. Und in diesem Fall besäße er selbstverständlich die Großzügigkeit - und das müsse sie als seine Frau eigentlich wissen - ihr nichts nachzutragen. Immerhin, dachte ich, er war bereit, seiner Frau ihren ‚Fehler' zu verzeihen, wenn sie zu ihm zurückkam. Manchmal flackerte zwischen den Zeilen noch das leidenschaftliche Unverständnis auf, das in den ersten Briefen so stark gewesen war. Sie akkumulierten in einem Satz der letzten Briefe, der allein stand, umgeben von zwei Absätzen.

‚Wenn es wirklich kein anderer Mann ist, soll das heißen, es ist wirklich nur dein Gerede von Freiheit und Raum. Warum kannst Du das statt allein nicht an meiner Seite haben?'

Hatte Mr. Hopkins bis dahin noch immer angenommen, es könnte ein Liebhaber im Spiel sein, so schien sich - auf welchem Weg auch immer - das Gegenteil herausgestellt zu haben, und offenbar hatte ihn das in noch größere Verwirrung gestürzt. Vielleicht war ein Liebhaber für Mr. Hopkins' Verstand eine Größe, mit der Rechnungen auszuführen waren. Die Zustandsformen und Sehnsüchte einer menschlichen Seele jedoch konnte er nicht einschätzen, das zeigte der zweite Satz. Was aus diesem Appell geworden war, konnte ich den folgenden Briefen nicht entnehmen. Aber auch, wenn die Momente von Leidenschaft spärlicher wurden, fragte ich mich, ob seine Gefühle wirklich nachließen - vielleicht weil er eine Fruchtlosigkeit seiner Bemühungen in Betracht zu ziehen begonnen hatte - oder ob er seine Gefühle nur zu kontrollieren gelernt hatte. Mir schien, er begriff sein Unterfangen nun als einen langwierigen Prozess ähnlich der Vorbereitung eines Gerichtsverfahrens, in dem Gefühle behinderten.

Mit einem dieser Briefe riss der Kontakt für einige Wochen ab.

•

Der folgende Brief, der vorletzte, war lang und von allen bisherigen der akkurateste. Es schien, als war er in Gedanken wiederholt vorgeschrieben und korrigiert worden. Keine Lücken zwischen

Worten oder Worte mit dickeren Aufstrichen, die auf Denkpausen hingewiesen hätten. Klarer Text, der geradewegs geschrieben worden war, weil ihm lange Überlegungen vorausgegangen waren. Die persönliche Anrede fehlte.

‚Warum verweigerst Du Dich mir jetzt ganz? Ich versuche, Dich zu finden, aber Du verkriechst Dich wie ein Tier, mehr als zuvor. Ich glaube sogar, Du lässt Dich verleugnen. Ich habe den Verdacht, dass Du Dich in etwas Falsches verrannt hast. Woher nur hast Du diese modernen Gedanken, die alles Gewohnte aufbrechen wollen? Manchmal fühle ich mich ein wenig unwohl - das will ich zugeben - wenn ich an den Tag unserer letzten Begegnung zurückdenke. Es ist nicht schön, eine Frau weinen zu sehen. Aber es geschah nichts, über das sich einer von uns beklagen müsste. Ich habe nichts verlangt, auf das ich nicht einen natürlichen Anspruch habe, und ich habe mir nur das genommen, was mir zusteht. Du kannst mich nicht ins Unrecht setzen, weil ich meine Rechte als Ehemann wahrgenommen habe. Und was ist für Dich so schlimm daran, Deine Pflichten als Ehefrau zu erfüllen? Ich habe Dir keinen Schaden zugefügt. Ich war nicht heftiger, als es die Situation verlangte. Ich hatte die Hoffnung, Dich so zu überzeugen, dass wir zusammengehören und Dein einziger Platz an meiner Seite ist. Unsere Bestimmung ist füreinander. Du bist meine Frau und ich habe Dir erst das Leben ermöglicht, das Du führtest. Die Ehegesetze und jedermanns Meinung stehen gegen Dich und Dein Verhalten, und trotz Deines Fehlers bin ich bereit, Dich wieder aufzunehmen, also warum verweigerst Du Dich mir so hartnäckig? Ich erinnere mich einiger Deiner Worte, mit denen Du mich zurückwiesest, aber ich bin ein praktischer Mensch. Ich will wissen, was ich besitze und was nicht. Ich kann keinen Sinn sehen in Deinem oder überhaupt einem Streben nach etwas Absolutem, Vollkommenem - und Unerreichbarem. Nichts gibt Dir das Recht, meine Liebe zurückzuweisen, sie ist so gut wie jede andere. An meiner Seite ver-geht die Zeit nicht schneller oder langsamer. Wir können mit Respekt nebeneinander gehen bis zum Ende und einander unsere grundlegenden Bedürfnisse befriedigen, auch ohne dieses Moderne, Belanglose, das ich nicht verstehe und das Du mir nicht erklären kannst. Und das ich nicht habe.'

•

Mit meinem alten Regenschirm mit mehr zerbrochenen als intakten Speichen stand ich am Ufer des Weihers und schaute auf das Wasser. Ich war die wenigen Schritte vom Weg ab zu dem krüppeligen Reineclaudenbaum gegangen, in dessen dürftigem Schutz ich stand und auf das gleichmäßige Klopfen der Regentropfen auf dem Schirm lauschte.

Mr. Hopkins hatte sich also genommen, was ihm seiner Meinung nach zugestanden hatte. Ich versuchte nicht, mir die Umstände auszumalen, unter denen es geschehen war. Vielleicht hatte er eine der Gelegenheiten ausgenutzt, als er seine Frau auf der Straße erwartet hatte, um sich unter einem Vorwand Eintritt zu verschaffen. Was bis dahin Abneigung gewesen war, musste ihm danach als blanker Hass entgegengeschlagen sein. Was für eine Vorstellung von der Funktion der Gesellschaft und ihren Institutionen musste Mr. Hopkins gehabt haben und wie wenig Verständnis des Menschlichen, dass er ernsthaft angenommen hatte, seine Frau so zur Fortführung der Ehe zu bewegen? Ich wusste nichts von Mrs. Hopkins. Ich wusste nicht, wie sie ausgesehen hatte oder wie ihre Stimme geklungen hatte oder was ihre Hoffnungen gewesen waren. Doch ich ahnte die Zerstörungen, die dieser Vorfall hinterlassen hatte.

Nach einer Weile kehrte ich um und stapfte durch die matschige Wiese zurück. Jeder Schritt schien mir mühevoll.

Am Schreibtisch öffnete ich den vorletzten der Briefe, wie der vorherige auf gutem Papier geschrieben und fast vier Monate später verfasst.

‚Ich werde Dich freigeben, wie Du es verlangst. Du sollst Deinen Willen haben. Lass uns noch einmal miteinander sprechen und das Vorgehen festlegen, bevor die Anwälte den Fall übernehmen. Aus naheliegenden Gründen schlage ich einen Ort ohne Publikum vor. Wenn von Deiner Seite nichts dagegen spricht, halte ich einen Treffpunkt draußen an der Themse geeignet. Wir könnten ein Boot nehmen und in Ruhe das Ende besprechen. - Du hast mich, wo Du mich haben wolltest. Ich habe mit uns abgeschlossen. Deshalb bitte ich Dich, mir meine an Dich gerichteten Briefe zurückzugeben. Ich möchte ein schnelles Verfahren ohne Wirbel und Beschuldigungen. - Bitte bestätige mir den Treffpunkt und setze ein Datum und eine Uhrzeit fest.'

•

Hatte er also zuletzt seine Frau doch aufgegeben?

Dem Stil des Briefes nach zu urteilen, hatte der Anwalt über den Ehemann gesiegt. Ein Ende mit klaren Verhältnissen. Der Schritt schien die letzte, logische Konsequenz des Geschehenen zu sein. Und trotz allem wunderte ich mich, dass Mr. Hopkins jeden Besitzanspruch überwunden zu haben schien und bereit war zur völligen Aufgabe seiner Frau. Ich fragte mich, ob Mrs. Hopkins dieses Angebot angenommen hatte, und sich gegen alle Abscheu ein letztes Mal mit ihrem Mann getroffen hatte.

Der letzte Umschlag war nicht beschriftet. Wie die ersten Briefumschläge handelte es sich um einfaches Büropapier, aber der Umschlag war nicht zugeklebt, sondern nur eingesteckt worden. Ich öffnete ihn und sah den Rand eines Zeitungsausschnittes. Vorsichtig zog ich ihn heraus und fand, dass es sich um ein kleines Päckchen mehrerer Ausschnitte handelte. Sie waren sauber herausgetrennt und stammten aus Ausgaben Londoner Tageszeitungen nur wenige Tage nach dem letzten Brief.

Mit unterschiedlichen Worten berichteten sie das gleiche. Ein Ehepaar war bei einer Bootsfahrt auf der Themse nahe Mapledurham mit einem Ruderboot gekentert. Anscheinend hatte sich die Ehefrau dabei von einem der Ruder oder der Bootsreling einen schweren Schlag am Kopf zugezogen, und trotz der Nähe zum Ufer und der Bemühungen des Ehemanns war es zum Ertrinken der offenbar bewusstlosen Ehefrau gekommen. Der Ehemann stehe unter Schock.

VII.

Stunden steten Regens hatten die Blumen auf Mr. Hopkins Grab in Mitleidenschaft gezogen. Ein Teil der Blüten war abgefallen und im Schlamm der frisch aufgeworfenen Erde versunken. Ich fröstelte, als ich am Abend des auf die Beerdigung folgenden Tages vor der letzten Ruhestätte von Mr. Hopkins stand. Eine Regenpause - die erste dieses Tages - hatte den ganzen Nachmittag angehalten, auch wenn sich der Himmel zuletzt wieder mit Grau bedeckt hatte. Zum Horizont hin war er dunkel bezogen und mehr als es der Dämmerung zukam. Der Regen würde bald wieder einsetzen.

Ich dachte an Mr. Hopkins' unnachgiebige Haltung seiner Frau gegenüber und seinen unbedingten Wunsch nach ihrer Rückkehr zu ihm, die sich durch alle Briefe gezogen hatten. Höhepunkt und äußerster Nachdruck war zuletzt die Ausübung seines Besitzanspruchs durch die gewaltsame Unterwerfung seiner Frau gewesen, anders konnte man diesen Akt nicht nennen. Woher danach der plötzliche Umschlag seiner Einstellung, der im letzten Brief zum Ausdruck gekommen war? Mit keinem Wort hatte dieses Einlenken sich in den Wochen zuvor angekündigt. Hatte er seine Frau wirklich freigeben wollen, hatte er wirklich abgeschlossen? Oder waren sie Vorwände gewesen, um seiner Frau habhaft zu werden, die sich ihm nach dem erzwungenen, letzten Vollzug der Ehe ganz entzogen hatte? Vielleicht war ihm klargeworden, dass er zu weit gegangen war, dass seine Rechnung nicht aufgegangen war und jede Chance eines Nachgebens ihrerseits nun endgültig dahin war. Fast unausweichlich wäre ihm nur noch die Rolle des Verlassenen geblieben, in der damaligen Gesellschaft ein Makel, der jahrelang Anlass zu Bemerkungen gegeben hätte. War ihm zuletzt die Rolle des Witwers erträglicher erschienen als die des Verlassenen?

Die Briefe waren bei der Bootsfahrt übergeben worden. Ich war sicher, dass sie sich beim - zufälligen oder absichtlichen - Kentern in der Kleidung von Mr. Hopkins befunden hatten; die Wasserflecke sprachen dafür. Hätte er sich lange im Wasser befunden, wären sie jedoch durchtränkt und nicht mehr lesbar gewesen. Der Unfall hatte sich in der Nähe des Ufers abgespielt. Wenn Mr. Hopkins es so vergleichsweise schnell ans Ufer geschafft hatte, dass die Briefe so wenig Schaden genommen hatten, wieso war Mrs. Hopkins ertrunken? Hätte er sie, auch wenn aufgrund der Kopfverletzung wirklich eine Bewusstlosigkeit bestanden hatte, nicht wenigstens über Wasser halten können, bis er sie ans Ufer geschleppt hatte?

Oder hatte er daran gar kein Interesse gehabt? War die Kopfverletzung am Ende gar keine Folge des Kenterns gewesen?

Ich fragte mich, zu welchen Ergebnissen die offizielle Untersuchung des Vorfalls gekommen war. Mrs. Hopkins hatte vermutlich nichts zurückgelassen, was Anlass zu Spekulationen gegeben hatte. Die Briefe, die über Mr. Hopkins' Zustand hätten Auskunft geben können, waren in seinem Besitz. Und wenn jemand einen Verdacht gehabt hätte - was den Zeitungsartikeln zufolge nicht der Fall gewesen war - so hätte das Wort eines verlassenen Ehemanns mit einem Ruf gegen das Wort einer weggelaufenen Ehefrau ohne eigenes Geld, die arbeiten ging, gestanden.

VIII.

Auf dem Rückweg vom Friedhof fielen einzelne Regentropfen und als ich an meinem Schreibtisch saß, die Briefe und Zeitungsausschnitte vor mir, fiel der Regen wieder stetig. Im grauen Licht der früh einsetzenden und lange anhaltenden Dämmerung blickte ich in den Regen hinaus. Mit dem Leben war für Mr. Hopkins ein Leiden zu Ende gegangen - das hatten Mrs. Newman und ich unabhängig voneinander vermutet, ohne uns einander mitzuteilen. Hatte der Mord an seiner Frau sein Gewissen doch aufbegehren lassen und sich als ewiger Widersacher in sein Leben gedrängt, gegen den er bis zuletzt angekämpft hatte? Eine Scheidung war heute nichts Aufregendes oder Beschämendes mehr. Die heutigen Zeiten kannten keine Bindungen mehr, und wenn man auch nicht wusste, was man stattdessen wollte, so wusste man doch, dass man nicht mehr wollte, was in der Freiheit einschränkte. Wie anders waren diese Umstände im Vergleich zu Königin Victorias England, als Mr. Hopkins jung gewesen war. Eine Scheidung hätte Jahre gebraucht, um sich auszuwachsen. Aber auch damals wäre sie zuletzt unter den jährlichen Schichten gesellschaftlicher Nichtigkeiten begraben und vergessen gewesen. Hätte Mr. Hopkins vermocht, das Heer der Quälgeister zu durchschreiten, hätte er sie mit Hilfe der Zeit überwunden, doch er hatte versucht, ihnen mit ihren Mitteln auszuweichen und war ihnen direkt in die Arme gelaufen. So war er sie nicht mehr losgeworden. Meine Vermutungen erklärten einiges, dachte ich, trotzdem blieb die Wechselhaftigkeit von Mr. Hopkins' Stimmungen rätselhaft.

Zurück am Schreibtisch schob ich die Zeitungsausschnitte zusammen, um sie in den Umschlag zurückzutun und alles zusammen zu vernichten. Dabei fiel ein Ausschnitt in mein Auge, den ich bis dahin anscheinend übersehen hatte. Er war kaum mehr als eine Notiz und mit ‚Tragödie einer Bootsfahrt' betitelt. Als einziger war er nicht sauber herausgetrennt, sondern grob herausgerissen, so dass an den Rissrändern Wortreste der umgebenden Artikel zu sehen waren.

"...stellt sich nachträglich eine weitere Dimension der Tragödie dar, über die wir in der letzten Woche bereits berichteten, las ich. Bei der medizinischen Untersuchung der Frau, die nach dem Kentern des Bootes trotz äußerster Anstrengungen des Ehemannes ertrunken war, ist nach Angaben der Behörden eine vorangeschrittene Schwangerschaft festgestellt worden. Im Licht dieser Tatsache erscheint die Tragödie umso beklagenswerter, und unsere Gedanken sind bei dem bedauernswerten Ehemann."

IX.

War dies zuletzt Mr. Hopkins' Geheimnis gewesen? Ich sah die letzten Briefe durch und rechnete nach. Vom Zeitpunkt der Vergewaltigung seiner Frau kam es hin. Hatte Mr. Hopkins am Ende nicht nur seine Frau, sondern auch sein eigenes, ungeborenes Kind umgebracht?

Nach Mrs. Newmans Worten hatte Mr. Hopkins oft stundenlang den Nachbarskindern beim Spielen zugesehen, und danach war er unleidlich und nur mühsam beherrscht gewesen. Auch am Tag vor seinem Tod hatte es sich so abgespielt, als er den Kindern beim Aufsammeln des Fallobsts zugesehen hatte und danach wie kraftlos und ausgelaugt gewesen war. Hatte er ihnen zugesehen, weil sie ihn an das erinnerten, das er vielleicht hätte haben können? Vielleicht war es jedes Mal ein Kampf gewesen, ihre Stimmen im Garten zu verdrängen und nicht an sie zu denken, und dann, einem Zwang folgend, hatte er sich immer wieder doch auf die Veranda begeben und den Kindern zusehen müssen. Immer wieder erneut musste es das Feuer seiner Hölle entfacht haben. War das der lange Kampf gewesen, dessen Spuren Mrs. Newman und ich in seinem Gesicht gesehen hatten?

●

Ich dachte an Morton, den ich bald sehen würde. Ich hoffte, er würde aufmunternde Informationen über die politische Lage haben. Es waren schwierige Zeiten, aber sie mussten bestanden werden. Mrs. Newmans Worte fielen mir ein. Das Leben glich einem Regen und es gab nur ein Hindurch, auch wenn die Dunkelheit bis zum Horizont reichte.

Sorgfältig legte ich nach einer Weile des Sinnens Mr. Hopkins' Briefe zusammen. Ich würde sie im Kamin verbrennen. Niemand lebte mehr, für den ihr Inhalt noch von Interesse war. Sie konnten getrost vergessen werden, denn sie wurden nun anderswo verhandelt.

Mit meinen Gedanken bei Mrs. Newman und Elms Mansion blickte ich lange in das regengetränkte Zwielicht hinaus, wo sich die Zeit schließlich verlor. Das Leben war bunt und vielfältig, das sagte der Verstand, doch zuweilen - oder überwiegend, wie einem vielleicht manchmal erschien - grau und ohne Zukunft. Richtungslosigkeit und das Drehen um sich selbst in den weiten Ebenen des Lebens waren ein Luxus sorgloser Zeiten, und die waren ähnlich dem sprichwörtlichen verlängerten Wochenende fürs erste vorüber. In einer Zeit wie dieser - und ähnlich raue Zeiten hielt jedes individuelle Leben bereit - gab es für England und seine Menschen nur ein Vorwärts ohne zu klagen.

Errungenschaften waren Werte und ihr Besitz musste verteidigt werden. Nicht aber der Besitz eines Menschen, wie Mr. Hopkins es versucht hatte. Menschen waren nicht zu besitzen - jedenfalls nicht mit Anstand. Ich musste an Mrs. Hopkins denken und an das kurze Leben mit Hoffnungen und Bemühungen, das sie geführt hatte. Und an das Leben an sich.

Gleichmäßiger Regen fiel vor dem Fenster. Bei dem Versuch, das Geräusch der Tropfen zu fassen, verwischten die unterschiedlichen Richtungen meiner Gedanken und in der hereinbrechenden Dunkelheit vergaß ich die Zeit.

Wie kurzsichtig Menschen dachten und Fehler begingen in der Annahme, alles bliebe immer so, wie es war! Ich musste an meine ersten Jahre in London denken und mir fiel das L'Etoile in der Charlotte Street ein, wo die Künstler wilde Feste gefeiert hatten und ihr Treiben eine sorglose Perspektive von Ewigkeit gehabt hatte. Ob es dort noch Feiern gab? Das Ivy hatte bei meinem letzten Besuch in der Stadt noch geöffnet gehabt, doch das seltsame Gefühl der Erleichterung, das ich beim Anblick des Restaurants verspürt hatte, war im nächsten Moment verflogen, als ich die nahe St. Anne's Church von einer Bombe zerstört vorgefunden hatte. Nichts war flüchtiger als vermeintlich sichere Lebensumstände. Die schlimmsten Bombenangriffe sollten wir hinter uns haben, hieß es, und die Deutschen hätten sich nun nach Osten orientiert. Aber wer konnte so etwas schon mit Sicherheit sagen? Ich dachte an das Leben meiner Eltern unter japanischer Besatzung, das sich schleppte wie hier. Und dann dachte ich an den eisigen Atlantik, und wieder kam Morton mir in den Sinn und die Neuigkeiten, die er haben würde und was sie hoffen lassen würden für unser Leben. Oder befürchten. Worte aus einer von Churchills Reden fielen mir ein, die er kürzlich angesichts von Misserfolgen und der am Boden liegenden Stimmung der Nation gehalten hatte: „Ich leiste keine Abbitte, ich entschuldige mich nicht, ich verspreche nichts."

Unwillkürlich kam mir bei diesen Worten Cathys Vater in den Sinn, der in diesen Tagen Lastwagen fuhr und die Evakuierung Londoner Kinder organisierte. Und ich musste an die vielen anderen Londoner denken, die aus Angst vor den Luftangriffen Schutz in den U-Bahnstationen suchten und die Bahnsteige nur noch verließen, um zur Arbeit zu gehen. Als Motto konnten diese Worte heute für alle Menschen dienen. Kein Grübeln über Fehler der Vergangenheit oder mögliche Härten der Zukunft. Wenn die Dinge standen, wie sie standen, musste gehandelt werden.

‚Schlimmer, als wir's hatten, kann's nicht werden.' Mrs. Harrisons Worte hatten etwas Tröstliches, auch wenn ich ihre Abgeklärtheit noch nicht teilte. Schlimmer aber als das, was vielleicht kommen würde, war einfach stehen zu bleiben. Denn die Aussichten änderten sich unablässig. Vor dem ewigen Horizont war nichts unabänderlich und die Hoffnung auf Wandel war immer mit im Boot.

Und wie alles andere, dachte ich bei dem Blick in das Zwielicht, so musste auch der Regen, schwer wie Bleiguss von einem grauen Himmel, irgendwann Platz machen für Anderes.